6　シックス

早見和真

集英社文庫

目次

6

シックス

東京六大学野球とは

日本最古の大学野球リーグ。慶應、東京、法政、明治、立教、早稲田（五十音順）の六大学が参加。毎年、春と秋に明治神宮野球場でリーグ戦が開催される。

各校の対戦は、二戦先勝方式の総当たりによる勝ち点制で決まり、一勝一敗の場合は第三戦を行って決着する。通常、開幕試合は前シーズンの優勝校と最下位校が対戦。いわゆる「早慶戦」はシーズン最終週に組まれる。

第1週　赤門のおちこぼれ

向かい風が頬をなでる。見慣れた東京の風景が過ぎていく。次第に、鋭敏に、自分の内側へと向かっていく神経。それにしても損な生き方を選んだものだと、深町真澄《ふかまちますみ》はつくづく思う。息を切らしながら、三年半も思い続けてきたことを尚《なお》も思う。

灼熱《しゃくねつ》の太陽と、焼けたアスファルト。連日の三十五度超えに、自発的な二十キロ走。

「陸上部じゃねぇんだから」と不満をこぼす後輩たちに、強く注意できない四年生の自分。

「やべーっす、さすがにもうやべーっすって」

背後の声に、我に返る。振り向くと、三年の山本真吾《やまもとしんご》が苦しげな表情を浮かべている。

「大げさな。エースがそんなことでどうするんだ」

そう言いながら、真澄はゆっくりと歩を緩めた。東大グラウンドのある本郷からおおよそ八キロの地点。眼下には真夏の豊富な水をたたえた荒川が広がっている。

「何度でも言いますけどね。自分、駅伝のエースってわけじゃないですから」

　山本はようやく真澄に追いつき、激しく肩で息を吐いた。もうこれ以上は走らないぞ、という強い意志が読み取れる。

　真澄の方はまだ余力があった。本当はこれからペースアップし、さらに自分を追い込みたいところだが、必死に食らいついてきた後輩を無下にするのも気が引ける。不平不満は過ぎるが、山本はよくついてきている方だ。練習に対して真摯だし、何よりも中学生のような青臭さと意地がある。つまり、自分とよく似ている。

　しばらくその場でジョグしていたが、ついに寝転がった山本に付き合い、真澄も土手にしゃがみ込んだ。川面から吹き上げる風が火照《ほて》った身体《からだ》に心地いい。

「っていうか、真澄さんマジですごいっすね。ホントに尊敬しますよ」

　派手に大の字になりながら、山本はつぶやいた。

「スゲェ練習するし、ちゃんと単位だって取ってるし。普通に座ってればいいものを、なんかしゃがみ込んで下半身鍛えたりしてるし」

　あまり「尊敬」を感じさせない目を真澄に向け、山本は「っていうか、何なんですか、その太腿《ふともも》。競輪選手じゃないんだから」と続けた。

　ふと下半身に目を落とす。サウナスーツが汗でまとわりつき、シルエットが浮き出ている。もともとの長身に加え、たしかにこの一年で飛躍的に肉の付きが良くなった。ランニングのあとは腹筋も、背筋も、尻回りの筋肉も跳ねている。

真澄が何も応えずにいると、山本はゆっくりと上体を起こし、話題を変えた。

「就活は始めたんですか」

「いや、まだだけど」

「ほらね。そりゃもう尊敬しますって。学校も行かず、練習もたいしてしてないくせに留年する人とはワケが違うんだもん。なんで？　やっぱり練習に集中したいから？」

「まぁ、それもあるけどさ。俺はまだ上でやることを諦めたわけじゃないから」

「何を？」

「何をって。そりゃ、お前――」

わかっている。自分のこういう生真面目なところがバカにされる所以《ゆえん》なのだ。融通が利かず、体育会系のくせにみんなのノリに合わせるのがどうも苦手で、やりたいようにやっているだけなのに「求道者《ぐどうしゃ》」などと嘲笑されて。

どうせまたバカにされるだけだと知りつつも、真澄は言った。

「だから、野球を」

不意に風が止んだ。二人の間に沈黙が横たわる。案の定、山本は絶句し、しばらくすると今度は大げさに噴き出した。

「まーた野球とか言ってるよ。真澄さん、もう俺たち充分やったでしょう。冷たい目に耐えながら、二人ともよくがんばりましたって。もっと上手に生きましょうよ」

絶句し、噴き出し、悪態を吐《つ》くまでは良かったが、強すぎる日差しのせいか、連日の猛練習のせいか、山本は直後に胃の中のものをぶちまけた。そのまま四つん這《ば》いの格好になり、さらに激しく咳《せ》き込みながら、「ああ、もう。熱中症とかになったらマジ訴えますからね」と突っかかってくる。

ああ、そうか。カワイイ後輩が苦しんでいるのは自分のせいなのか。そんなことを思った次の瞬間には、ポケットに入れておいた五百円玉を確認し、真澄は山本の背中をなでていた。

「ちょっと待ってろよ。水買ってくる」

「買ってくるって。どこにですか？　店も自販機もないですよ」

山本が指さした方を一緒に目で追った。たしかに見渡す限り河川敷が広がっているだけだ。川沿いのグラウンドは荒野のように乾ききり、野良猫一匹見当たらない。

真澄はうすく微笑《ほほえ》んで、サウナスーツのファスナーを首もとまで上げ直した。

「大丈夫。道は必ずつながってる。いつか、どこかに辿《たど》り着く」

そう言い残し、真澄は再び走り出した。瞬間、全身の毛穴から汗が噴き出す。今度は誰にも気兼ねせず、ほとんどダッシュに近かった。「ああ、もうちきしょう！　怪我《けが》させしなきゃあんたがエースなんだよ！」という捨て台詞《せりふ》が遠くから耳を打った。

そんな青春ドラマのような言葉を、他の誰が言えるだろう。やっぱり山本は自分に似ている。真澄が三年生から「求道者」とバカにされているように、山本は二年生に「全共闘」と揶揄《やゆ》されている。その暑苦しさが所以だ。

それでも、真澄と山本の間には決定的な違いがある。山本はチームのエースということだ。神宮のマウンドに立ち、他大学のスター選手に向かっていく後輩を、素直に応援しつつも、真澄は嫉妬し続けた。

真澄はまだマウンドはおろか、新人戦以外はベンチにも入れていない。最上級生になってもメンバー中心の野球部寮には入れなかったし、そもそも滅多《めった》に練習に来ない監督が名前を覚えているかも定かじゃない。

進学、就職、公務員試験の準備と、多くのレギュラー選手が次々と進路を決めていく中、真澄はいまだに野球にしがみついている。

とにかく、この四年間は野球とだけ向き合っていたかった。そのための留年なんてなんでもない。あの日描いた夢の場所に、いまだ自分は立てていない。

まばゆい日差しが頬を焼く。きっと多くの同世代が、この瞬間も、海で、山で、街で、海外で、二度と戻らない青春時代を満喫している。自分はといえば、子どもさえ遊ぼうとしない真夏の空の下を、サウナスーツを着込んで走っている。全力で、うっすらと笑みまで浮かべながら。

東大生なのに、野球部で、しかも補欠――。思えば、損な生き方を選んだものだと、走りながらまた思う。

川に並行する砂利道を全速で駆けながら、真澄はふっと空を見上げた。日に日に高くなるこの青い空は、ちゃんと神宮につながっている。そう思えるだけで充分だ。

秋のリーグ戦が目前に迫っている。奴と戦える最後のチャンス。あの日の喜びを忘れたら、きっと自分はバチが当たる。


高三の夏休みに行われた全国模試の偏差値は〝59〟だった。東大はおろか、第一志望の地元・山梨大学でさえギリギリの「Ｃ」判定。それでも数カ月で偏差値が〝5〟上がったことに喜んでいられるほどには、当時の真澄は無邪気だった。

そもそも東大など頭の片隅にもなかったのだ。目指したのには明確な理由がある。八月のある猛暑日、父が母にこんな調子で叱られたことから、その一日は始まった。

「お父さん、お願いだから座っておしっこしてちょうだい！　はね散らしたのを掃除するのはもうイヤなの！」

父は読んでいた新聞から目を逸《そ》らさず、「俺かよ？　真澄だろ？」と平然と言い放った。あらぬ疑いをかけられるのも、カッと来て言い返すのもいつものことだ。

「ちょっと待ってよ。俺、絶対に枠に入れてる自信があるんだけど」

「そんなもん俺だってあるぜ」

「いやいや。俺は昔からコントロールはいいんだから。お父さんはひどかったじゃん」

「はっ、小便と野球を一緒にするなよ」

父は鼻をほじりながら、このときはじめて真澄を見た。そのがさつな笑みに心の底からうんざりする。自分勝手で、声がしゃがれていて、車のナンバーが「808」で、貧乏で……。真澄にとって、父は典型的な「八百屋の親父」だ。それが典型といったら日本中の八百屋の親に叱られるだろうが、父しか知らないのだから仕方がない。

朝から気分が悪かった。おかげで一向《いっこう》に勉強に身が入らない。もう一度文句を言っておこうと、ペンを置いて階下に向かったのは、十五時過ぎのことだった。

その前に冷たいものをと居間の戸を開くと、真澄が東大を目指さなければならなくなった理由がそこにあった。『さぁ、大変なことになってまいりました』というアナウンサーのうわずった声が耳に入る。

なぜか店に出ず、父はテレビを眺めていた。画面に映るのは泥だらけのユニフォームを着た高校生。そういえば今日は甲子園の決勝戦だと、ニュースサイトで見た気がする。

父だけでなく、普段は野球など絶対に見ない母も、一つ下の妹の紗英《さえ》までもがテレビにかぶりついていた。

「は？　何やってんの、みんなそろって」

その声で、はじめて家族は真澄の存在に気がついた。

「ああ、お兄ちゃん。すごいね。この二人超カッコイイじゃん」

「ねぇ、二人ともすごい。お母さんもビックリしたわ」

紗英と母が、当然真澄も何かを知っている前提で話し始めた。でも、真澄には家族が興奮する理由がわからなかった。小さい頃はあんなに好きだった野球を、甲子園を、高校の野球部を二カ月で退部して以来、真澄は一度も見ていない。

真澄は楽しく野球をしたいだけだった。そのために私立の強豪校ではなく、公立の進学校を選んだのに、理不尽な上下関係や運動部にありがちな悪習は存在した。中学時代にそこそこの実績を残した真澄は、とくに先輩から目を付けられがちだった。

俺よりも下手なくせに……と、徐々に膨らんでいった不満は、二カ月目にしてオープン戦の先発に抜擢《ばってき》され、一失点完投という好投を演じながら、「一点取られてんじゃねぇよ」と先輩から因縁をつけられたのをきっかけに、爆発した。

人生ではじめて人を殴ったその夜、真澄は父に事の顛末《てんまつ》を報告した。「野球、辞めてきたから」と。野球部を、ではなく、野球を、と言ったことに、そのときは気づいていなかった。

父もまた高校野球を経験した人だ。県内の弱小校ではあったが、夏の地方予選でベスト16に行ったのが自慢のタネ。往年の大投手の名前から、息子に〝真澄〟などと臆面もなく付けてしまい、その息子のためにわざわざ左利き用のキャッチャーミットを作ってくる。むろん、真澄のボールを受けるためだ。

どれだけ自分の高校野球を楽しみにしていたかを知るだけに、父の顔を見るのが苦しかった。父はいつものように茶化そうとせず、「そうか」とつぶやくだけだった。八百屋の親父は涙もろい。その日のさびしげな表情は真澄の心をざらつかせた。

「お父さん、何してんの？　店はいいのかよ」

冷えたコーラを口にしながら、テレビにかじりつく父に尋ねた。父は振り向こうともせず、面倒くさそうに手を上げる。

「このクソ暑いのに野菜なんて食う奴いるかよ」

「そんな、めちゃくちゃな」

「たとえ今日十万売り上げるってわかってても、この試合だけは見るね。これを見なきゃ死んだ方がマシだ」

「三十万でも？」

「もちろん」

「じゃあ、五十万でどうだ」

「それは……。まぁ、野菜売るだろうな」

「なんだよ、それ。あんたの命は五十万以下かよ」

そう言い残して、真澄は居間を後にした。「おい、たまには一緒に見ようぜ」という声が追ってきたが、無視して二階に上がる。古びた階段がぎしぎし鳴った。

古い扇風機と、遮光カーテンが頼りの蒸した部屋で、それから五分くらいは勉強を続けようと努めたが、集中力は湧いてこない。テレビに釘付《くぎづ》けになった家族の顔と、アナウンサーの言った「大変なこと」が気になった。

その正体をたしかめたくて、真澄はリモコンを取った。15インチのブラウン管がモワンと灯《とも》る。直後に、アルプススタンドの大歓声が耳を打った。一瞬にして胸がざらつく。父に報告した日のうしろめたさがよみがえる。

不快感しか覚えなかった。それなのに「この暑いのに何やってんだ」と独りごちたのを最後に、真澄もまたテレビの前から動けなくなった。

試合は延長戦に突入していた。神奈川代表の京浜高校と、大阪の山藤《やまふじ》学園との試合。紗英が言っていた「超カッコイイ二人」が誰なのか、見ていればすぐにわかった。両校のエースピッチャーだ。

土田《つちだ》一成《いっせい》という山藤学園のエースには、なんとなく見覚えがあった。二年生だった去年もエース番号を背負い、甲子園で優勝したピッチャーだ。意識して避けようとしても、この国では野球のニュースから逃げられない。185センチを超える上背に、ユニフォーム越しにもわかる隆々とした背筋と、肩幅。マウンド上で咆吼《たけ》る雄叫《おたけ》びが、画面のこちらにまで聞こえてきそうだ。

その投球も見事だった。延長を迎え、すでに百五十球以上投げているというのに、球速が衰えている様子はない。１４８キロなどという信じられない速球を連発し、適度に荒れるボールはバッターに当てることさえ許さない。

一方の京浜高校のサウスポーは、どちらかといえば技巧派だった。１３０キロ中盤のストレートと、ドロンと落ちるカーブを操り、打者を翻弄していく。

もちろん悪いピッチャーとは思わなかった。しかしこの時点では、真澄はまだ京浜のピッチャーを過小評価していた。これが決勝まで勝ち残るほどだろうか？　コントロールだけなら自分だって負けていない。

だが、太陽がわずかに西に傾き始めた、延長十三回のことだった。ツーアウト満塁という絶体絶命のピンチを迎えたところで、京浜の投手はゆっくりと空を仰いだ。

ふわっと両手を広げ、長く、ゆっくりと息を吐き出す。そして目を見開き、かすかに微笑んだかと思えば、今度は打者を見下ろすようにしてマウンド上で仁王立ちする。集まろうとする内野手をいらないと手で制し、大きく腹から声を張った。銀色のメガネに西日がキラリと反射した。

その立ち居振る舞いに、気づけば真澄は圧倒されていた。甲子園を埋めつくす客の歓声も、楽器や風の音も、窓の外の虫の鳴き声まで消えたように感じられた。

投手としての力はたしかに土田の方が上だった。それなのにこの光景を目の当たりにしたとき、真澄はハッキリと京浜の勝利を確信した。

実際、試合は直後に決した。山藤がチャンスを逸したその裏、柴田博嗣《しばたひろし》という京浜の四番打者が土田のストレートを捉え、劇的なサヨナラホームランを放ったのだ。

優勝が決まり、歓喜の輪を作る京浜の選手たちを横目にしながらも、真澄は結果にさほど興味を持たなかった。ただ、気づいたときにはパソコンを起動させ、立ち上げた検索エンジンの窓に、京浜高校のピッチャーの名前を打ち込んでいた。

『星隼人《ほしはやと》』

そのスター性あふれる名前の検索結果は、無数に表示された。「星の王子様」や「サウスポーの精密機械」、そして「銀縁くん」などといったニックネームを皮切りに、星に関するあらゆる情報がネット上に転がっている。

このとき、はたと自分が星や土田と同い年であることに気がついた。試しに『深町真澄』と自分の名前を打ち込んでみるが、当然のように結果は得られない。

とくに何も感じなかった。ただ、人生でずっと〝お兄さんたち〟だった甲子園球児が同級生であることに、不思議な思いがしただけだ。

次に目に止まったのは、二人の進路についての書き込みだった。土田の方は早々にプロ入りを表明していたらしく、いくつもの記事がヒットする。星に関しての情報は、高校野球ファンが集まる殺伐としたアングラサイトの中にあった。

〃銀縁くん、早稲田確定。京浜内部では有名な話です〃

しばらくの間ボンヤリと文字を見つめ、次第に胸がざわめき始めた。突然、目の前にチャンスが舞い降りたかのような気持ちだった。

閉めきっていたカーテンを開くと、窓から強烈な西日が差し込んだ。もちろん、甲子園を赤く染めるのと同じ太陽だ。

ゆっくりと窓から目を逸らし、押し入れを開けた。目に触れないようにしまい込んでいた段ボール箱を取り出し、幾重にも巻いておいた新聞紙を丁寧に解いていく。ほとんど新品のままのグローブが姿を見せた。高校入学時、父が買い与えてくれたものだ。手を差し込む部分に〈世界へ羽ばたけ！　深町真澄〉という謎の刺繡《ししゆう》が施されている。思えばこのメッセージこそが、先輩たちに目を付けられるきっかけだった。

型を整えるように、グローブの中を二、三度叩く。すると、まだ幼かった頃のように背中が疼《うず》いた。そうすることが当然のように、真澄の足は一階へ向かっていた。驚いたことに、父もまたどこかからキャッチャーミットを引っ張り出してきて、パンパンとやっていた。よほど決勝戦に感動したのだろう。バカみたいに目が赤い。

どちらからともなくうなずき合って、近くの空き地で数年ぶりにキャッチボールをした。無言でボールを放りながら、真澄はそのタイミングをうかがった。

「ねぇ、お父さん。俺も早稲田に――」

だが、そこまで言って声が詰まった。息子がまた野球を始めようとしている。しかも、たった今テレビで感動したスター選手と一緒にやりたいという。父は絶対に喜ぶし、そのための努力は惜しまないでくれるだろう。でも、だからこそうかつに伝えることができなかった。

私立大学の入学金に、学費に、寮費に、生活費。野球用具のお金もかかる。高いレベルで野球をしようと思えば、とにかく金が必要なのだ。実際、公立高校に進学した理由の一つはそれだった。貧乏な八百屋にはきつすぎる。

「なんだよ？　早稲田がどうしたって？」

あいかわらず父のコントロールはひどいものだ。胸にかまえればワンバウンドし、顔にかまえればジャンプしないと届かない。ベスト16が聞いて呆《あき》れる。

真澄は丁寧にボールを投げ返しながら、口を開いた。

「ねぇ、お父さんもかまえてよ」

キャッチボールは小さい頃の日課だった。雨が降ろうが、風が吹こうが、学校から帰ると父はミット片手に待ちかまえていた。

そして連れていかれる空き地で、父はコースギリギリにミットをかまえた。数センチでも外れれば絶対に捕ろうとしないのだ。どこまでも転がっていくボールを、何度追いかけていったかわからない。けれど、おかげでコントロールだけは良くなった。

真澄の意を悟ったのか、父は無言でしゃがみ込んだ。真澄はふっと両手を広げ、長く、大きく息を吐く。

ゆっくりと目を見開き、父を睨《にら》みつけて「ハッ！」と腹から声を張った。星のマネをしたかったわけではない。そうすることが自然だった。

ほくそ笑む父を一瞥《いちべつ》した瞬間、目の前に鮮やかな世界が広がった。ツーアウト満塁。ツーストライク、スリーボール。真っ赤に染まる空と、自分を取り巻く大観衆。相手のベンチ前にはキャッチボールをする星がいる。イメージした球場は、神宮だ。

右バッターを想定し、父はインコースの低めにかまえた。そのミットを凝視し、真澄はゆっくりと振りかぶる。全身の筋肉を弛緩《しかん》させて……。グローブを天高く突き上げる……。鳥が空を羽ばたくように……。指先にすべての力を集中する……。

幼い頃に、父からもらったクリスマスプレゼント。『左投手の勝利学』。矢野光二《やのこうじ》という無名の元プロ野球選手が書いた本の内容は、今も身体の芯に染みついている。

腕を振り下ろした瞬間、紙が切れるような乾いた音が耳もとで響いた。それだけで充分だった。ボールの軌道を追うまでもない。

「ねぇ、お父さん――」

微動だにしない父のミットを見つめたまま、真澄は言った。

「俺、東大に行くよ。東大に行って、早稲田を倒す」

突拍子もないことを言ったはずなのに、父に驚いた様子はなかった。息子が「東大に行く」ことの意味を、その難しさを、うまく理解できなかったのだろう。

ただ、父はどういうわけか銀縁くんの進路は知っていた。ボールを投げ返してきながら、意地悪く笑う。

「銀縁と投げ合うってか？　そりゃあ、いいな。甲子園なんかより、やっぱり男は神宮だよな。同い年でラッキーだったな。この年に生んだ俺と母さんに感謝しろよ」

東大ならば星と投げ合うことができる。六大学という舞台で、神宮で、対等に野球することができるのだ。そして、それは金をかけずに高いレベルで野球ができるたった一つの方法でもある。そのためには今、自分ががんばればいいだけだ。

カッコイイことを言いながら、父が返してきたボールははるか頭上を越えていった。呆れて、苦笑し、仕方なくボールを追いかけた真澄を、父が呼び止める。

「なぁ、真澄。一生懸命がんばってたら、必ず誰かが見ててくれるからな。ホントに東大なら四浪くらいまで許す。というか、頼む。俺のためにがんばってくれ！」

八百屋の親父は青臭い。そう思ったら、笑えてきた。

「四浪もしてたら銀縁くんがいなくなってるよ。せっかく同級生なのに」

そしてきびすを返し、ボールを取りに向かいながら、今度は心の中で反論する。お父さんのためじゃない。自分のためだ。自分が主役になるために、もう一度野球がしたいんだ。

甲府盆地が夕陽で真っ赤に染まったこの日、真澄の受験勉強が始まった。そう、以後の作業を勉強と呼ぶのなら、それまでのものはお遊びともいえなかった。それほど真澄は自分を追い込んだ。

一日十八時間に及ぶ勉強だ。いくつのペンを使い切ったかわからない。日本史の参考書で大事と思う箇所にチェックペンを引いていたら、ほとんどのページが赤いラインで埋まっていた。試しに近代史のあるページに緑の下敷きを当ててみると、ほとんどの文字が消え失せた。かろうじて残るのは助詞くらいで、面倒なので、その助詞もろとも頭の中に叩き込んだ。

理系科目のチャート式も問題ごと暗記した。参考書の類は、三冊に一冊使えるものがあれば御の字だ。本が一冊くたくたになっていく一方で、ほとんど手を付けられない二冊が部屋の隅に積まれていく。

何から何まで効率のいいやり方とは言えなかったが、おかげで偏差値は日一日と上がり続けた。つらいはずの勉強はいつしか快感に変わっていた。「求道者」的な自分の特性をはじめて知った。

真澄はかたくなに机にしがみついた。身体をまったく動かさないため、当然のように肉が付く。運動した方が勉強ははかどると理解しつつも、良い流れを断ち切られるのが恐かった。野球のための勉強なのに、勉強にとっては野球こそが邪魔になる。不思議と心も疼かなかった。以後、受験までの間に、野球にまつわる記憶は二つしかない。

一つは山藤学園の土田がドラフトで一位指名を受け、プロへ進んだこと。そしてもう一つは、星が早稲田進学を正式に表明したことだ。

早起きしてコンビニに走り、その日だけはありったけのスポーツ新聞を買い漁《あさ》った。

『銀縁くん　さぁ、舞台は神宮へ！』

そんな見出しの新聞を部屋中の壁に貼った。「はぁ？　ジャニオタかよ！」と紗英には嘲笑されたが、フラッシュがメガネに反射する星に見張られていれば、勉強にもさらに熱がこもった。

冬を迎えた頃には、予感は自信に変わり、その自信も気づけば確信に変わっていた。だから東大から合格通知が届いた日も、もちろん嬉《うれ》しくはあったが、それ以上の感慨は抱けなかった。

ただ、念願の野球部に入部した日のことだけは、一生忘れないだろう。ああ、自分は舐《な》めていた――。先輩たちの身体の大きさや反射速度、ボールのキレや放つ打球を前にして、真澄は痛感させられた。

高校では入部してすぐ試合に抜擢された身だ。本音を言えば、東大なんて〝ガリ勉くん〃たちの集まりだと、すぐに重宝されるものと思っていた。しかし、監督は真澄にならば見向きもしなかった。

ならば早くアピールしたいところなのに、受験勉強でなまった身体では、練習についていくことさえままならない。ひたすら繰り返されるランニングを中心とする基礎トレーニングの日々。逆流する胃酸で口の中は常に酸っぱく、生臭く、何度かグラウンドに吐き出した。だからといって誰も待っていてはくれない。苦しければ去れとばかりに、ただ置いていかれるだけだ。

しばらくは面食らうことの連続だった。授業よりも練習を優先する考え方や、野球の妨げになるからと、バイトを許さない雰囲気もその一つ。

何よりも真澄が驚かされたのは、先輩たちが「東大」という価値観に生きていないことだった。自分たちを「野球」というヒエラルキーの中の一端と捉え、しっかりとおちこぼれと認識していた。明治にも、法政にも、立教にも。むろん慶應や早稲田に対しても劣等感を抱いていた。

先輩たちがおちこぼれなのだとすれば、自分はおちこぼれ中のおちこぼれだ。あんなに自信に満ちていたのが幻のように、いざ東大野球部に身を置いてからは、そう思うことばかりだった。

それでも、野球を辞めようと思ったことは一度もない。実力不足を嘆くたびに、認められない現実を呪うたびに、真澄はグローブの匂いをかいだ。かすかに残った革の匂いが、〝普通の東大生〟になれば楽になれるという誘惑を、いつもすんでのところで断ち切った。もう二度と父を裏切ることはできなかった。

たとえば、三年生の秋もそう。リーグ開幕前のオープン戦で好投を続け、はじめてのベンチ入りが見えていた。そんな時期に覚えた、肘の違和感。しばらくは隠しながらやっていたが、間もなくして同学年のマネージャーに見つかった。

「肘、痛いんだろ？　病院行っとけよ」

言われた場所も悪かった。マネージャーはわざわざ監督の目の前で言ったのだ。そのときの監督の視線を、真澄は鮮烈に覚えている。この大事な時期に何してる。その冷ややかな目は語っていた。

監督はレギュラーばかり重用するタイプで、補欠選手になど目もくれない。そんな人に三年かかって認められ、やっとチャンスを授かった。その矢先の故障だった。「大丈夫か？」の一言もない無慈悲な監督以上に、自分の勝負弱さにうんざりした。

穏やかな休日が過ぎていくように、何事もなく秋のベンチ入りは見送られた。このときばかりは心が折れそうだったが、やはり真澄はグローブを握った。そして、今やれることをと発想を変え、とくに下半身中心のトレーニングに取り組んだ。

我ながら、その取り組みに対する熱は異常だった。投手にとって固い筋肉は邪魔にしかならないからと、ダンベルを使わず、水泳やランニング、加圧トレーニングなどに時間をかけた。来る日も、来る日も同じ練習を繰り返す。収集家がコレクションをコンプリートさせないと気が済まないのと同じように、ほとんど強迫観念に近かった。

その甲斐《かい》あって、真澄は周囲が目を見張るほどのしなやかな筋肉を付けていった。確信めいた思いが次第に芽生えていく。それでも、肘の引っかかりはなかなか消えない。

「今回は様子見だな」

監督にそう言われ、本当はもう様子を見ている時間などないのに、ベンチ入りできなかった四年生の春。藁《わら》にもすがる思いで、真澄は投球フォームの改造に取り組んだ。一シーズンしか残されていない中で、アンダースローの習得に挑んだのだ。

きっかけは父からプレゼントされた本、『左投手の勝利学』の中にあった。メンバーから外され、少しだけふて腐れていたある日、下宿に持ち込んでいた古い本を数年ぶりに開いてみると、下手投げに関する記述がやけに目についた。それも一ページや二ページではない。よく見れば、全体の三分の一近くがアンダースロー論で占められている。

これまで見向きもしてこなかった項目だ。なぜこんなに分量が割かれているのかと疑問に思ったこともなければ、そもそもこんな構成であることにも気づかなかった。

パラパラとページをめくっていくと、ある記述に目が止まった。

〈左投げのアンダースローはワンポイントの中継ぎ等で重宝される〉

ああ、たしかにな。これなら一試合くらい投げられるかもしれないぞ。真っ先にそんな計算が働いた。

次に印象的だったのは〈肘への負担が少ない〉という下手投げの利点について。そして、気づいたときには〈しなやかな下半身作りが重要〉という項目を熟読していた。

一文一文が、今の自分に宛てられたメッセージのように思えた。だからといって、先の長い中学生が取り組むのとはワケが違う。そう理解はしていたが、真澄はすぐにでも試してみたい欲求に駆られた。

振り返れば、ただパニックに陥っていただけだった。怪我を負い、投げることもできないジレンマと、このまま終わってしまうのではないかという焦燥感。野球に悔いを残したくないという単純な思いは、高校時代や父との関係などが複雑に入り組み、真澄の胸に広がっていた。

ほぼ徹夜で『左投手の勝利学』の〈イニング7〉、【アンダースローをマスターしよう】を読み込んだ。翌日、真澄は早速ブルペンで下手投げを試してみた。いや、その前に後輩の山本にだけは相談した。

「今さらだけど、アンダースローでいってみようと思うんだけど、どう思う？」

「は？　誰がすか？　何を？」

「だから、俺が。アンダースローを」

山本はまじまじと真澄を見つめた。そして、しばらくすると合点がいったようにうなずいた。

「いや、意外と悪くないかもしれないっすね。真澄さん投げ方キレイだし、はまればカッコイイかもしれないっすよ」

最後のシーズンを目前にしての、フォーム改造だ。自分で相談しておきながら、当然バカにされるものと思っていた。後輩からの予想外な後押しに、勇気が湧いた。

そして本にあったことを頭で反復しながら投じた、ブルペンでの一球目。それは真澄にとって運命の一球だった。となりに並んで見ていた山本のギョッとした表情を、真澄はきっと忘れない。

地面近くでリリースする瞬間、ボールの縫い目が指先を切り裂くような、かつてない感触がまずあった。

うなりを上げるというのとは少し違う、だが確実にこれまでとは異なった鋭い音を立てて、ボールはキャッチャーミットに吸い込まれていく。ほんの一ミリさえミットは動かない、完璧なコントロール。

「痛ってぇ！」という、後輩キャッチャーの叫び声が耳を打った。「ちょっと、待ってよ。マジかよ……」と、山本は絶句する。

真澄自身も目を見張った。これまで必ず引っかかりのあった左肘に、かすかな痛みも感じないのだ。

その後も、真澄は投げ続けた。投げても、投げても、投げても……。コントロールは乱れず、球速も一向に衰えない。何より肘がまったく痛くない。

ひとまず最後のシーズンに間に合った。そう思うだけで心は充《み》たされた。この日のためにがんばってきたのかなと、思わぬ場面で、真澄は達成感を味わった。

最後のリーグ戦まで一カ月を切り、連日の炎天下、ベンチ入りを懸けた東大野球部の練習は熾烈《しれつ》を極めた。

真澄もまたいつも以上に自分を追い込んだ。今も欠かさない下半身の筋力トレーニング。入念なストレッチをこなしたあとは、二日と空けず投球練習を行った。あきらかなオーバーペースとわかっていたし、いつ肘痛が再発するかもわからない。それでも、どうせ残り数カ月とない野球人生だ。やり残しを悔いる方がずっと恐い。

短時間での新フォームの習得は、物事に執着しがちな真澄の性格に合致した。肌が焼け焦げていくにつれ、フォームが固まっていくのを実感する。下半身を柔らかく使うことが格段に上手くなり、より地面スレスレのポイントでボールをリリースできるようになった。手首の使い方も工夫し、下手投げの特長を活《い》かすためにスライダーをマスターした。上から投げていた頃と比べれば、その切れ味は雲泥《うんでい》の差だった。

久々に荒川を往復する二十キロ走を終えたこの日も、真澄は山本と並んでブルペンに足を運んだ。監督がふらりとブルペンにやってきたのは、球数が五十を超え、いよいよピッチングに力が入り始めた頃だ。

となりの山本はランニングの疲れからか、すでにピッチを落としていたが、監督の姿に気づき再び熱を込め始める。監督は例によってエースの山本のことしか見ていなかった。真澄など眼中にないといった様子だ。

もちろん焦りもしたし、憤りも覚えたが、真澄もまた関心がないというふうに振る舞った。尻尾《しっぽ》を振っても仕方がないし、自分のやることは一つしかない。

それよりも、監督のとなりに立つ見知らぬ男が気になった。六十歳を少し超えたくらいだろうか。白髪を短く刈り込み、ポロシャツの襟を立てて、身体の引き締まった男に対して、あの監督がどこかへりくだっているようにも見える。

淡々と、しかし渾身《こんしん》の力を込めて投げる真澄の方を向き、白髪の男はかけていたサングラスをゆっくりと外した。そしてあきらかにこちらを指さしながら、監督の耳もとでささやいた。

「監督さん、あの子は？」

「え？　ああ、あれはダメですよ。補欠です」

「面白い投げ方していますね」

「あんなもん付け焼き刃です。モノになるはずがありません。それよりも、となりのがウチのエースなんですがね――」

二人の身振り手振りを見ているだけで、その声まで聞こえてきそうだ。

「何者なんですかね。あの人」

マウンドを足で均《なら》すフリをしながら、山本が話しかけてくる。

「さぁね。でも、なんか見たことある気もするんだけど」

真澄がそう答えたとき、白髪の男は突然こちらに近づいてきた。呆気《あっけ》に取られた様子の監督を置き去りにして、男は柔和な笑みを浮かべている。

男はマウンドに登ると、ピタリと真澄のうしろについた。一瞬面食らい、あわてて挨拶しようとしたが、男は「いいから。続けなさい」と命令口調だ。

刺すような視線を背後に感じながら、仕方なく、三球ほど続けて投げた。低く、伸びのある男の声が耳を打つ。

「うん。悪いフォームじゃないけれど、まだ下半身の使い方が下手くそだ。せっかくしなやかな大腿筋《だいたいきん》を持っているんだし、股関節《こかんせつ》も柔らかそうだ。ギリギリまで軸足に力を溜めて、爆発させるつもりで右足に体重移動してみなさい。ポイントは左の膝を限界まで折り曲げて、そのとき一緒に頭も下げること。重力に抗《あらが》おうとしちゃダメだよ。身体全体を落とし込めたら、もうバッターは打てないから」

男が何者なのかという疑問を忘れ、言われた通りに投げてみた。左肘の関節が軟体動物のようにしなるのを感じる。あきらかにこれまでよりキレのあるボールが、地を這うようにキャッチャーミットに収まった。

「うっひょー！　スゲー！」と叫んだ後輩キャッチャーの声を聞き流しながら、感触の残る左の指先を見つめ、すぐに男の顔を仰ぎ見た。

「その投げ方、どこで習ったの？　アンダースローになってそう時間が経ってないようにお見受けするけど」

男は飄々《ひょうひょう》と尋ねてくる。

「あの、ええとですね……」と口ごもり、例の本のことを思いながらも、真澄はたまらず訊《き》き返した。

「すいません、どちら様ですか？」

只者《ただもの》じゃないという予感は、ほとんど確信に変わっていた。男は何度か目を瞬《しばた》かせたあと、「ああ、こりゃ失敬。この夏からここで臨時のコーチになるよう仰せつかってね」と笑う。夏の太陽に、白い歯がよく映えた。

男の名前を聞いたとき、真澄が真っ先に思ったのは父のことだった。そして同時に、いつかかけられた言葉が脳裏を巡る。

一生懸命がんばってたら、必ず誰かが見ててくれるからな——。

ただ悔いを残さないようにと、必死にやってきただけなのに。野球の神様は、どうやらそれを「一生懸命がんばって」と評価してくれたらしい。

男は鼻先をかきながら言った。

「矢野光二といいます。僕自身、以前はプロの投手で……」

「左投手の勝利学——」

言葉を遮ったあと、真澄はツバを飲み込んだ。矢野は照れくさそうに下を向く。

「やっぱりね。背筋や肩甲骨の使い方が特徴的だったから、なんとなくそうなんじゃないかと思ったんだ。まさか実売四百部なんて噂されている、あの本がね」

矢野は「よろしく」と続け、真澄に左手を差し出した。もしこの出会いが、僥倖《ぎょうこう》が野球の神様のおかげなのだとしたら、この瞬間、自分は狂信的な信仰に走るだろう。

いや、これまでだって散々人生を変えられてきたのだ。自分が東大にいるのは当たり前のことじゃない。自分はもう〝野球教〟の熱烈な信者なのだ。

すべてを包み込みそうな矢野の大きな手を、両手で強く握り返した。「よろしくお願いいたします！」と言ったとき、真澄はグローブの革の匂いを思い出そうと努めた。

なのに、このとき鼻先をついたのは、入部した頃に毎日のようにかいでいた、酸っぱいツバの臭いだった。

春日から三田線に乗り込み、板橋本町で降りて長い坂道を歩いているときも、どこか上の空のままだった。

早く例の本を広げたくて、家賃四万二千円、築四十年のアパートの戸をあわてて開く。蛍光灯のスイッチを押した瞬間、真澄を捉えるたくさんの目。大学に入学してからの三年半、正確にはあのうす暗い自室で甲子園の激闘を見てしまった日から溜め続けた新聞の切り抜きが、四方の壁を埋めつくしている。

その中の一枚、冷め切った表情で神宮の空を仰ぐ星隼人を見つめながら、真澄は「もうすぐだからな」とつぶやいた。

「銀縁くん」こと早稲田、星隼人のデビュー戦を、真澄はハッキリと覚えている。自分のことのように興奮し、憧れと衝撃を胸に抱きながら、神宮のスタンドからその勇姿を見つめていた。

デビュー戦となる東大戦でノーヒットノーランという快挙を演じ、そのスター性をあらためて証明して以降、大きな怪我をすることもなく、星は順調に成長していった。

いや、見る人によっては、その成長は歯痒《はがゆ》いものだったのかもしれない。高校時代やデビュー戦で見せた圧倒的な神通力はなりを潜め、どこかもがき苦しむような素振りをマウンドで見せることも少なくない。

でも、真澄には星はいつだって輝いて見えた。ただ、人生は映画と違うだけだ。甲子園の決勝を、神宮のデビュー戦をエンディングとして切り取ることができないだけ。人生はその後も粛々と続いていく。

星はそのことを誰よりも知っている。現状に飽き足らず、さらに高みを目指そうとする星が、真澄の目にはいつだってまばゆかった。

星が活躍するたび、不振に陥るたび、プロのスカウトが言葉を発するたび、熱愛の噂がささやかれるたびに、新聞や雑誌の切り抜きは増えていった。そうした紙面を壁に貼りつけながら、「待ってろよ……」などとつぶやいている自分に気づき、他人事のように恐怖を抱いたことがある。

偏執的なストーカーのような部屋は、とてもではないが誰かに見せていいものではない。だから友人はもちろん、家族が上京したときも、決して中には入れなかった。『左投手の勝利学』の〈あとがき〉をこれまでとは違う気持ちで眺めながら、久しぶりに実家に電話を入れた。

当然のようにワンコールで電話に出た父に、真澄は最近あったことを報告し、気づいたときには高校の野球部を辞めた日からのことを話していた。

早い段階から父が洟《はな》をすすっているのには気づいていた。でも、真澄はかまわず続けた。最後に矢野との出会い、クリスマスにもらった本のこと、そしてほとんどはじめて

「本当にありがとうね。これまで野球をやらせてくれて」と口にしたとき、耐えきれなくなったように、父は子どものような大声で泣き始めた。

父は泣き声までがさつだった。真澄は思わず呆気に取られ、鼻で笑った。

数分待って、ようやく父の嗄《か》れた声が耳を打った。

『いいか、真澄。星と投げ合ったらそれで終わりじゃねぇぞ。同学年にいいピエロがいてくれたじゃねぇか。あいつを踏み台にして、のばせよ。お前の野球はまだまだこんなところで終わらないんだよ。俺の楽しみを奪うなよ』

父の期待はいつだって過剰だ。リーグ戦で八シーズン連続の最下位、公式戦は目下三十七連敗中。みんな甲子園なんて縁のない進学校の出身で、いつだって「リーグのレベルを下げている」とうしろ指をさされている。そんなチームで、東大で、いまだに一試合もベンチ入りできていない。そんな愚息に、何を言う。

真澄は苦笑しながら、小さな声で反論した。

「たとえ俺がこの先も野球を続けたとしても、お父さんには野菜売っててもらうからね。応援ばっかり来させないよ」

父は毅然《きぜん》とした調子で言い返してきた。

『今だから言うけどな。俺は野菜より本当は魚が好きなんだ。でも魚なんかよりも、もっと野球が好きなんだよ』

しなかった。

それはいったいなんの説明だよ？　心の中で問い返したが、真澄はもう口にしようと
真夏の日差しに落ち着く気配はなかった。日一日と肌を黒くしながら、この夏、東大野球部は飛躍的な成長を遂げた。

一番の理由は、やはり矢野がコーチに就任したことだ。矢野はほぼ毎日グラウンドに顔を出し、付ききりで投手陣にアドバイスしてくれた。

とくに同じサウスポーのアンダースローということから、矢野は真澄に執着した。真澄もまたことあるごとに矢野に指示を仰ぎ、その関係性から一部の部員たちから「ジェダイ」などと揶揄された。『スター・ウォーズ』から来ているらしいが、真澄にはさっぱり意味がわからなかった。

もともと打撃にはそれなりに定評のある代だった。加えて、東大の野球部には他の大学にない圧倒的な武器がある。与えられた情報を精査する術《すべ》に長《た》けていること、そして努力する才能がずば抜けていることだ。

そうした受験勉強の延長線上にある特性に加え、こと野球に関しては卑屈なくらい謙虚な面々の集まりだ。誰もが個々の実力アップにストイックに取り組んだ。

時間はいくらあっても足りなかった。だが日差しの強さはそのままに、カレンダー上

の夏は瞬く間に過ぎていく。そして迎えた、九月七日、金曜日――。いよいよラストシーズンの開幕を翌日に控え、練習後、全選手が一塁側のベンチ前に呼び集められた。

いつになく神妙な面持ちの監督と、脇で険しい顔のマネージャー。その手には、グレー地に青色の差したユニフォームがある。開会式直後の開幕戦、一週目のメンバー発表が行われようとしている。

円陣の最後方に立ち、みんなの背中から発せられる静かな熱を感じた瞬間、真澄はふっと懐かしい気持ちに包まれた。

いや、懐かしいというのとは少し違う。過去の一時、甲子園での星の勇姿を見て、東大を目指すことを決めた日に夢見た場面に今、自分は立ち会おうとしている。不思議なほど冷静にそう理解することができたのだ。

たとえ今週メンバー入りできなかったとしても、今の自分ならおそらくチャンスはあるだろう。でも、それじゃなんの意味もない。翌週以降、たとえば明治戦で、法政戦で、慶應戦でベンチ入りできたとしても、真澄にはいっさい価値がない。開幕戦は、早稲田対東大。自分に与えられた、これが星と投げ合える最後のチャンスだ。

監督がメモに視線を落としたのを見届け、真澄は目を閉じた。背番号なんてどうでもいい。ただ、ベンチに入れてくれ。最後の早稲田戦で、頼むから星と同じ景色を見させてくれ――。

そんな願いを、まるで嘲笑するかのようだった。真澄の名前は、呆気ないほど簡単に呼ばれた。東大のエース番号「11」を、監督は「深町真澄」と発表した。

感動は思ったほどしなかった。マネージャーから青く『TOKYO』と入ったユニフォームを手渡されても、ピンと来ない。当然とばかりにうなずく矢野を見たときも、みんなから盛大な拍手を受けたときも、リアリティは乏しかった。こんな夢、かつて何回見てきただろうか。信じた瞬間、華のように散るのがどうせオチだ。

そんな真澄をようやく現実に引き戻してくれたのは、山本だった。

「やったじゃないですか……。ホントに、ホントに、やったじゃないですか」

声に釣られてとなりを見やると、山本は一人肩を震わせていた。直後に「18」の背番号の入ったユニフォームを受け取ると、春のエース山本は「自分はプロっぽくてこっちの方が好きなんです」と心にもないことを言う。

ようやく手が震え出したことを自覚しながら、あらためて山本の顔に目を向けた。その表情はめずらしく普通の後輩のそれだった。

「真澄さん、本当におめでとうございます。自分があとに控えてるんで、飛ばせるところまで飛ばしてください。二人で東大に勝ち点をもたらしましょう。っていうか、優勝しましょう！」

たぶん山本自身が思っている以上に、その声は大きかった。瞬間、輪のそこら中で失笑が漏れる。

「なんだよ、それ。ドカベンかよ」という嘲笑する声がどこかから飛んできた。ふざけるな、『ドカベン』はそんな話じゃねぇぞ！　と、心の中で反発しながらも、真澄の目からもついに涙があふれ出た。茶化す仲間が周りにいなければ、山本と肩でも抱き合っていたかもしれない。

グラウンド脇から電話をかけた父も、案の定、号泣していた。こちらが引くくらい泣くだけ泣いて、父は唐突に冷静な声を取り戻した。

『ダメだよな。やっぱり用意しなくちゃダメだよな』

何を言い出したのか理解できず、意味を尋ねた真澄を無視して、父はそのまま電話を切った。

ポツンと取り残されたグラウンドが、西日で真っ赤に染まっている。

秋のリーグ戦というにはあまりにしらじらしい、灼熱の朝だった。開会式の最中、すぐそこにいる星の顔を、真澄は見ることができなかった。

同じ京浜高校の出身で、今では押しも押されもしない慶應の四番打者。今秋のドラフトでも有力候補の一人である柴田博嗣が、「よう、銀縁！」と、冗談っぽく星に声をかけている。

そんな二人を、同じような六大学のスター選手たちがチームに関係なく取り囲む。その場面を、東大の選手たちは直立不動で眺めている。

真澄だけはかたくなにうつむき、絶対に見ようとしなかった。今だけはどんな選手とも対等でいたかった。星に対する憧れを、ギリギリのところで封じ込めた。

開会式を終えると、早稲田の選手たちは一塁側に、東大ナインは三塁側に散った。真澄がはじめて星の姿を直視したのは、お互いがブルペンに入ったときだ。グラウンドを挟んだ先に、蜃気楼《しんきろう》に揺れる星の姿を捉えたとき、強引に押し留《とど》めていた思いがあふれ出た。

夢の中にいるような心地はなかなか消えてくれなかった。投球練習をとなりで見ていた山本は「絶好調じゃないすか、真澄さん」と言ってくれたが、いくら投げ込んでも自分の調子がつかめない。

だが、思わずといった感じでこぼした矢野の声を聞いたときだ。

「すごいな……。こんな短時間でまさかここまで来ようとは。深町くん、やってやりなさい。この観衆の、星くんの度肝を抜いてやりなさい」

金網越しに、矢野が拳を握るのを見て、真澄はようやく覚悟を決められた。自分のすべきことはこれまでと何も変わらない。ただ悔いを残さないようにやるだけだ。

試合は東大の先攻で始まった。マウンドに上がった星は、真っ先に両手を広げ、大きく空を仰いだ。甲子園決勝の延長戦で見せ、早稲田入学以降は試合前に必ず行う儀式だ。「銀縁くん」のラストシーズンに期待を込めて詰めかけた神宮の大観衆は、大いに沸いた。

星は東大打線をまったく寄せつけず、早々に三人で仕留めた。味方が攻撃を終えると、真澄は先頭切ってベンチを飛び出した。

淡々と七球の投球練習を終えたとき、台風の目に入ったかのように、球場内がほんの一瞬静まり返った。

真澄は両手を広げ、胸いっぱいに空気を溜めた。そしてゆっくりと天を仰ぐ。星のマネをしたかったわけではない。厳密にいえば星のマネから始まったことかもしれないが、高校三年生のあの夏の日から、マウンド上で欠かさずやり続けてきたことだ。

全身に太陽を浴びているという実感があった。まるで世界の真ん中に立っているかのようだった。

声を張りたい衝動を抑え込み、真澄は冷静に、少しずつ目を開いていく。ずっとこの光景を見たかった。

あの日、星は甲子園で何を見たのか。

神宮でいつもどんな景色を見ていたのか。

ただそれだけが知りたくて、ようやくここに辿り着いた。それなのに……。真澄の視界に真っ先に飛び込んできたのは、バックネット裏にこれ見よがしに掲げられた横断幕だった。

『世界へ羽ばたけ！　深町真澄　東大のエース！　我が愚息！』

呆然《ぼうぜん》とする間もなく、よく知る顔が目に入る。幕の一端を持ちながら、父が立ち上がって東大カラーの青いタオルを振り回している。その横で、母と紗英は申し訳なさそうに頭を垂れている。

手足の震えが消えていた。こみ上げてくる笑いを堪《こら》えながら、我に返ると、真澄は激しいブーイングの渦中にいた。どうやら一連の動きが星を茶化してのものと取られたらしい。スタンドにいる山ほどの星ファン、そのほとんどが女性たちから、激しい罵声を浴びせられる。

早稲田のベンチからもきついヤジを投げつけられた。ただ、星だけは弱ったような笑みを浮かべながらも、食い入るように真澄の動きを見つめていた。

真澄がたしかめるように二度、三度うなずいてみせると、星も小さく首を振った。東大に入って良かった。このタイミングでそう思った。

燦々《さんさん》と降りそそぐ陽の下、審判の右手が高々と挙がった。

「プレイボール！」

さてと、俺の野球はここまでだ。これまで楽しい夢を見させてくれてありがとう。心の中で星に礼を言った瞬間、真澄の意識は完全に切り替わった。悠然と、天を突くように振りかぶる。散々叩き込んできたことを、今一度反復する。

胸の位置まで足を上げ、ゆっくりと身体全体を落とし込む。股関節を柔らかく、体重移動に気をつけて。打者の懐《ふところ》をえぐるように、ボールを思い切り切るように……。そして、絶対に悔いを残さない！

目もくらみそうな大観衆と、愛する家族に見守られながら、真澄の腕から今、第一球が投じられた。

秋季リーグ戦 星取表	早大	慶大	立大	明大	法大	東大
早大						●
慶大						
立大						
明大						
法大						
東大	○					

東京六大学野球秋季リーグが開幕

東京六大学野球秋季リーグが8日、神宮球場で幕を開けた。3季連続優勝を目指す早大は東大相手にまさかの黒星スタート。ここまで通算25勝のエース星隼人（4年・京浜）は被安打4の好投を演じながら、エラーがらみの1点に泣き、東大のエース深町真澄（4年・甲府）に競り負けた。【長岡平助】

①東大1勝

東大	00000100	1
早大	00000000	0

（東）深町―太田　（早）星―田中

東大に遅咲きの新風。神宮に衝撃走る

東大はリーグ戦初登板の深町が先発。初球、右打者の内角をえぐったクロスファイアーがいきなり147キロを計測し、4万を超える大観衆の度肝を抜いた。深町は184センの長身でありながら、大学野球ではめずらしい左のアンダースロー。今夏コーチに就任した矢野光二の徹底指導のもと、新たに取り組んだフォームをものにし、才能が開花。強力早稲田打線を被安打2に封じ込め、星目当てに詰めかけた日米のスカウト陣からも感嘆の声が漏れた。

第2週　苦き日の誇り

宝石箱をひっくり返したようなと、ありきたりな比喩がつい漏れそうになる。額にニキビの残る学生には絶望的に似合わない夜景が、西宮吾郎《にしみやごろう》の眼下に広がっている。

「そうですか。今度は市長選に立たれるのですね」

野球部監督の太田清郎《おおたせいろう》が〈大間《おおま》産干しアワビと黄ニラのオイスター炒め〉なる料理を口に運び、静かに相づちを打つ。

その様子に、神奈川県の南部を選挙区とする代議士はうすく微笑む。

「いやいや、まだご内密にお願いしますよ。でも、本当にそうなった暁《あかつき》には、太田さんには大学OBのまとめ役として、是非とも協力していただかないと」

置かれたグラスが空きそうなのを目ざとく見つけ、代議士の秘書がすかさず紹興酒を注いだ。四十歳くらいの男だ。先ほどもこの男に先んじられていて、今度は自分の番と気を張っていたはずなのに、夜景に気を取られている一瞬の隙を突かれた。

さすがはプロ、一流だと感心しながら、吾郎はもう一度窓の外に目をやった。横浜のベイサイドにある、三十八階建てのビル。最上階の中華料理店の個室には、ジャズ調の穏やかなＢＧＭが流れている。大学入学時には、こんな場所で食事をする日が来るとは夢にも思っていなかった。

吾郎の他に卓を囲むのは、来春の市長選への出馬を目指す代議士と、その秘書。全国紙の元横浜総局長に、野球部監督の太田の計四人。それぞれの押し出しだけを見ればまるでマフィアの会合のようだが、共通点は一つ。全員、法政大学の出身者であるということだ。

四年生になってからは監督のお供で、何度となくこういう席に着いてきた。場違いな感はいまだに拭えない。

「本当に頼みますよ、太田さん」

弱ったように首をすくめるだけの監督に、代議士は気にせず畳みかける。

「脳みそ筋肉、六大学の面汚《つらよご》しなどと、これまで散々ぱら言われてきましたけど、いよいよ我々の出番ですよ。聞けば、ニホン自動車の新社長にも法政出身の田代《たしろ》さんに内々示が出たと言われています。政界は私、財界は田代さん、そしてスポーツ界は野球部と太田さんで、是非とも盛り上げていきましょう」

選挙演説のような勇ましい話を聞いているうちに、次の料理が運ばれてきた。今度は〈活オマール海老のオーロラソース〉という品だ。

同年代のウエイターに素早く目配せし、自分の前に置くよう指示する。一人だけ学生服姿の吾郎に、ウエイターは何者かという顔をした。

料理を人数分に取り分けていると、突然代議士から声をかけられた。

「どうだい、マネージャーくん。野球部の調子は。秋は大丈夫なんだろうね」

答える前に、ちらりと監督に目を向けた。もともと酒に強くない監督は、頬をうっすらと赤らめ、おどけたように首をかしげた。好きにしろ、ということらしい。

吾郎は皿を回転台に流しながら、代議士を見据える。

「もともと優秀な選手が集まった代ですし、エースの木下も好調です。春以上の成績を目指そうと、みんな必死にがんばっています」

代議士はすぐに大声で笑いたてた。汚れた前歯が目立つ。

「春以上はって、だったら優勝しかないってことじゃないか。なぁ、飯田くん」

話を振られた新聞社の元総局長は、自分の手柄のように胸を張った。

「ええ、秋はやってくれるでしょう。法大野球部の実力はさることながら、何より早稲田の星くんの調子が上がってきていません」

「星?」

「ハハ。京浜高校の『銀縁くん』ですよ。早稲田にどれだけいいピッチャーがそろっていたところで、彼のラストシーズンです。調子が悪かったとしても、使わなければ世間が黙っちゃいないでしょう。早稲田の監督の苦悩が目に浮かびますよ」

「ふん。なら、いいがな。春は本当に悔しい思いをさせられたもんだ」

代議士は鋭く監督を一瞥し、ちくりと言った。視線に気づいていないのか、監督は好々爺《こうこうや》のように目を細め、こくり、こくりとうなずいている。

『優勝候補の最右翼』という下馬評《げばひょう》を受けながら、春のリーグ戦は二位に甘んじた。二戦目の早稲田戦で、エースの木下が被安打四の一失点という力投を演じ、打線も決して本調子ではない星に十安打以上浴びせながら、最後まで攻めきることができなかった。○対一。悔やむに悔やみきれない敗戦だった。

接戦をなんとか勝ちきった早稲田と、落とした法政。その勝敗はリーグ戦を通じて尾を引き、結局早稲田は全校から勝ち点を挙げる二季連続の優勝、一方の法政は二位に沈んだ。

リーグ戦終了後、監督に対するOBからの突き上げはいつになく厳しかった。いったいその愛校心はどこで売っているのかと目を見張るほど、彼らはふがいない母校の野球部を嘆き、監督の采配を批判した。

それでも、監督は表情一つ変えなかった。いつもニコニコと笑みをたたえ、糾弾する声をやり過ごす。悔しくないはずはないのに、いつも行動をともにしている吾郎にさえ、その心中を絶対に見透かさせない。

当然、監督は選手にも何も話さなかった。キャプテンの加藤に監督の苦しい立場を伝え、ミーティングを開かせたのは吾郎だ。

「このまま監督さんに恥をかかせたままでいいのかよ」

春のリーグ戦を終えた直後の、ある日の練習後。加藤の寮部屋を訪ねた吾郎は、ツバを飛ばして訴えた。

しばらく黙っていた加藤は、不思議そうに口をすぼめた。

「お前からみんなにそう言えよ」

「違うだろ。それは俺の仕事じゃない」

「なんでだ？　なんでいつもそんなにかたくななんだよ」

「理由なんてないよ。ただ、マネージャーの仕事とは思えないだけだ」

「わからないな。べつに同じチームなのに」

そう首をひねりつつも、その夜、加藤は四年生の選手をミーティングルームに集めてくれた。

自分から線引きしておきながら、吾郎は戸の外で聞き耳を立てていた。加藤が監督の話を聞かせると、部屋に緊張が走るのがわかった。監督を、自分たちの野球をバカにされた。そう知っていきり立たなければ、それこそ法大野球部の名折れだ。

野球人としてのプライドからか、それまで部員たちはあえて星を特別視せず、他大学の一投手としてしか見なさなかった。

その選手たちを、加藤は煽《あお》れるだけ煽った。星を倒さなければ解決しない。早稲田をやらなきゃ始まらない。

「おい、秋の法早戦って何週目だ」

選手の一人がそう尋ねた。「春と同じ。二週目だ」と加藤が答えた瞬間、「いいよ、やってやる」という誰かの大声に壁が震えた。

もともと我の強い選手が多く集まった代だ。加えて、十人の寮組、五人の通い組、七人の付属校進学組に、三人の一般入試組と、すぐに分裂しがちな傾向があった。そうした連中がようやく一つにまとまり始めたのは、このときだったと吾郎は思う。

「わかった。星をギタギタにつぶせばいいんだな」

誰かがそう発しては、応じるように誰かが叫んだ。四年生の春にして、はじめて触れる一体感だった。愛校心が芽生える瞬間を、吾郎は目の当たりにする気分だった。

そんな選手の思いを知らない代議士は、尚も「情けない」と母校を貶《おとし》め、早稲田をこき下ろすのに必死だった。

まぁ、見とけよ。狸オヤジ——。百名を超す全部員を代表し、とりあえず吾郎がテーブルの下で中指を立てておく。

次第に興奮し始めた代議士は、思わずといった感じで背広の内ポケットからタバコの箱を取り出した。

「あ、先生。ここでは」と、すかさず秘書が止めに入る。何度か目を瞬かせたあと、代議士はうんざりしたように首を揉《も》んだ。

「ったく、これだから神奈川はダメなんだ。どうして個室まで禁煙なんだ。これは立つべきは市長選じゃなく、知事選の方かな」

何が面白いのか、代議士は笑うだけ笑って「どこで吸える?」と、唐突に秘書に尋ねた。秘書は「あ。ええと、そのですね……」と言葉に詰まる。

「レストランを出ていただいて、すぐに左に曲がり、二つ目の角をもう一度曲がっていただいたところに喫煙所があります」

出しゃばるつもりはなかったが、勝手に口をついて出た。前歯がヤニで汚れているのを見たとき、念のためにと確認しておいたのだ。卓を囲んだ四つの顔が、呆《ほう》けたように吾郎を向いた。

「おいおい、学生くんに負けてるぞ」

そう秘書をからかったあと、代議士は挨拶時に差し出していた吾郎の名刺を、このときはじめて手に取った。

「西宮くん、っていうのか」

「はい」

「君は四年生か？　就職はもう決まってるのかね」

「おかげさまで。柏木《かしわぎ》楽器さんの方でお世話になることになっています」

「ふん、楽器屋か。なぜだ？　どうしてそんな業界に進む？」

「野球部のマネージャーの席を唯一用意してくれたところなので」

「マネージャーか。社会人になってまでそんな雑用をするつもりかね。そもそもこんな時代だ。部だっていつまで存続するかわからないぞ」

「そのときはまた違う野球部を探そうと思っています。クラブチームでもかまいません」

「ハハハ、若いな。いや、どうだ。今からでも役人を目指そうとは思わないか。べつに私の下につけとは言わない。ただ公僕こそ、最高のマネージメント業務であると思うんだがな」

代議士は真顔で吾郎と向き合った。どこまで本気か判断に苦しんだが、吾郎はきっぱりと首を横に振る。

当然ながら、マネージャー業は目立たない仕事だ。こうして認められるのは嬉しいことに違いない。しかし、公務員なんてクソ食らえだと、吾郎は心から思った。こんな楽しい仕事をフイにするなんてありえない。

精いっぱいの笑みを浮かべつつ、空になりそうな代議士のグラスに紹興酒を注ぎ、「ありがとうございます」と口では礼を言いながらも、心の中では「ありえない」と繰り返していた。

結局、最後まで目的のよくわからなかった会は、二十二時を過ぎた頃にようやくお開きになった。

まず代議士たちを乗せた黒塗りの車を、次に元総局長のタクシーを見送ると、監督はせいせいしたように伸びをする。

「ああ、疲れた。おい、宮吾郎。お前、ほとんど食べてなかっただろ？」

宮吾郎とは、チーム内で呼ばれている吾郎のニックネームだ。監督は一度も吾郎に目を向けることなく、決めつけるような口調だった。

「いえ、大丈夫です。みなさんを前に少し緊張しましたが、おいしかったです。オマール海老なんて生まれてはじめて食べました」

「よく言うよ。お前、取り分けるときから自分の分は少なめにしてたじゃないか。若い者が遠慮なんかしやがって」

監督は上目遣いで吾郎を一瞥し、意地悪く微笑む。

「ま、でも正解だったけどな。あんなメシ、高いばっかりでちっともうまくない」

そしてくるりときびすを返し、停まっていたタクシーの前を素通りして、当然のように歩き出した。

「野毛《のげ》の方においしい味噌ラーメンを食わせる店があるんだ。ここだけは内緒にしときたかったんだけどな。口直しだ。ついてこい」

吾郎は白い歯で応じた。監督と二人きりで食事の続きだ。監督の至言を、ここからは独り占めだ。

今日はどんな話を聞けるのか。「はい！」と、腹の底から声を出し、吾郎はどこか気《け》怠《だる》そうに先を行く監督を、小走りで追いかけた。


吾郎の、選手としてのハイライトは高三の夏だった。福岡県の野球名門校・朝倉義《あさくらぎ》塾《じゆく》高校の三番セカンドとして、甲子園に出場したのだ。

しかし、それは暗い過去として吾郎の胸に刻まれている。県大会で優勝を決め、喜びを爆発させる仲間たちの輪に加わったときから、すでに吾郎の表情は冴《さ》えなかった。大会前からの右肩の痛みが限界に達し、甲子園でプレーするというイメージさえ持てなくなってしまっていた。

その夜、寮でいつもより夜更かしした仲間たちがようやく寝静まった頃、吾郎は監督室を訪ねた。

「失礼します。西宮です。お話があってまいりました」

監督室には酒の臭いが充満していた。深夜の訪問に監督はかすかに驚いた仕草を見せたが、すぐに「ああ、西宮か」と、グラスを傾けながらつぶやいた。

吾郎は三十歳のこの青年監督のことがあまり得意ではなかった。一言でいえば、選手の気持ちのわからない人間だと思っていた。

自分は選手と歳が近いから……。最近まで現役でプレーしていたから……。そうしたセリフがすでにズレていて、気持ちがわからないことの証左のように思えてならなかった。

「西宮、ありがとな。キャプテンとしてよくチームをまとめてくれた。お前が俺を甲子園に連れていってくれるんだ。本当にありがとう」

吾郎が部屋を訪ねた意味を考えようともせず、監督はそんな言葉を口にする。事情を説明するのは億劫《おっくう》だったが、腹を決めて怪我のことを報告すると、監督はみるみる表情を曇らせていった。優勝の喜びに水を差されたとでも言いたげだった。

その胸の内は手に取るようにわかったが、話をやめようとは思わなかった。考えるべきはチームのことだ。残念ではあるけれど、今の自分は戦力にならない。逆に足を引っ張る可能性の方が高く、ならば違う選手をベンチに入れるべきだ。

もちろん甲子園は幼い頃からの夢だった。しかしそれ以上に、このときの吾郎は仲間との思いを大切にしたかった。自ら立候補し、そして選ばれたキャプテンとして、一年間〈理想のチーム〉とは何か追求し続けた。必死に練習してきた補欠選手たちを裏切りたくないし、みんなを幸せにしない個人的なエゴなど貫き通す価値はない。

監督が持つグラスの氷がパチンと弾《はじ》けた。

「なぁ、西宮……。お前はこんなところで野球人生を終わらせるつもりなのか」

それまで黙って聞いていた監督が、鼻で笑った。言葉の意味を理解できなかった。首をひねった吾郎を横目にし、監督はおかしそうに続ける。

「俺はお前を母校に推薦するつもりだったんだぞ。セレクションは受けてもらうことになるだろうが、それも形だけのことだ。甲子園に出場すれば上に話を通しやすい。むしろ甲子園で試合に出られないようなら、法政に推すことはできないんだよ」

スポンジに水が染みるように、言葉が胸に広がった。我に返ったとき、全身の血がたぎりそうになったが、それもすぐに消え去った。

大学のことも、セレクションのことも、はじめて聞く話ばかりだった。一瞬のうちに様々な感情が入り乱れたが、そんなもの……と突っぱねることはできなかった。

高校卒業後も野球を続けたいと考えていた吾郎にとって、大学への進学は大きな意味を持っていた。まして伝統ある六大学野球、神宮が舞台となれば、心が震えないはずがなかった。

甲子園でプレーしないという選択は、もちろんチームのためという前提はあるが、将来も野球を続けたいからという思いが大きかった。それなのに監督は正反対のことを口にする。将来、神宮でプレーしたいのなら、今、無理をしろというのである。

せめて送球時の負担にならないようにと、この夜、サードからセカンドへのコンバートが言い渡された。

それまでセカンドのレギュラーを務めていた佐山が絵に描いたようにふて腐れ、チーム内の微妙なバランスが揺らぎ始めた。吾郎たちが甲子園に乗り込んだのは、そうした空気の中だった。

初戦の相手は神奈川県の京浜高校だった。エースの星隼人はまだ大きな注目を集める前で、真夏の太陽に映える銀縁メガネはよく目立ったが、特徴的なあだ名も付けられてはいなかった。

ピッチングの方も特筆すべきものではなかった。事実、吾郎は星の投球のクセを早々に見抜き、先制の二点タイムリーを皮切りに、三本のヒットを放っている。

チームは幸先《さいさき》の良いスタートを切った。しかし、気づいたときには少しずつ京浜高校に圧《お》されていた。不思議な感覚だった。決して強さを感じさせるわけではないのに、勝てる気がしない。とくに回を追うごとにキレを増していく星の投球は、捉えられそうで捉え切れない、形容のしがたいものだった。

京浜のペースで試合は進んだ。事件が起きたのは同点で迎えた六回のことだ。ツーアウト満塁という最大のピンチで、セカンドを守る吾郎が痛恨の悪送球を犯したのだ。

二遊間のボールをさばくまでは問題なかった。しかし、ジャンプして一塁へ投げようと身体をひねった瞬間、危惧していた痛みが右肩に走った。思わずかばうようにして放ったボールは、力なく一塁手の右方向に逸れていった。

「すまない、みんな」

すぐにマウンドに集まった仲間たちに頭を下げた。ところが、誰も目を合わせようともしてくれない。慰めを期待していたつもりはないが、予想外の沈黙だった。

ベンチから伝令が飛び出してきた。吾郎のコンバートによってスタメンを外された佐山だ。佐山だけは吾郎を見据え、いきり立ったように口を開く。

「おいおい、しっかりせんや。キャプテンさんよ」

そして続けた言葉も、思ってもみないものだった。

「テメェを大学に行かせるために、こっちはやりよっちゃねぇけんな！」

普段から荒々しい博多弁に、さらに棘《とげ》が混ざる。ゆっくりと顔を上げ、仲間たちを見渡した。冷たい視線が、ぐるりと吾郎を囲んでいた。

「お前、法政行くためには勝たないかんちゃろ？」とキャッチャーの男が言えば、ショートの選手も「べつに良かっちゃろ。甲子園にさえ出とけば」と、吾郎の事情を見透かしたように言う。簡単なことだ。監督との寮でのやりとりを誰かに聞かれていたのだろう。

甲子園のスタンドが陽炎《かげろう》に揺れていた。マウンドの上に至っては四十度以上ありそうで、頭がクラクラした。だからだろうか、口々に不満を漏らす仲間たちの顔を、吾郎はハッキリと見ることができなかった。

守備に戻っても視界は揺れ続けた。キャプテンとして、本気で理想のチームを追い求めてきたつもりだ。その自分が、なぜ——？　そんなことをボンヤリと思っていて、吾郎は再びエラーを犯した。五点目のランナーが悠然とホームを駆け抜ける。

いつまでも揺れ続ける視界に、ようやく自分が泣いていることに気がついた。試合中だというのに涙はとめどなくあふれ続ける。

必死に顔を覆ったのは、仲間に見られたくないからか、それともカメラに撮られたくないからなのか。自分でもうまく把握することができなかった。


結局、二対十四という大差をつけられて京浜高校に敗れたこの日、吾郎の高校野球は終わった。監督は吾郎のエラーなどなかったかのように、「身体は動かしておけよ。秋になったらすぐセレクションだぞ」とアドバイスしてきた。

いっそ推薦など取り消してくれた方が気は楽だった。監督の言葉に、憤りや仲間に対する疚《やま》しさなどの感情は渦巻いたものの、ここで野球を辞めてしまおうという考えは芽生えなかった。

神宮を諦められなかったから……。理想のチームへの憧れがまだあったから……。そんな言い訳はいくらでもできたが、そうではない。監督に刃向かうことも、受験勉強に挑むこともせず、結局、自分は楽な道を選んだだけだ。

そのツケが、やがて回ってきた。秋になり、セレクションを受けるためにはじめて上京した日、痛み止めの注射を打ってもらおうと、吾郎はインターネットで評判の都内のスポーツ外科を訪ねた。

まだ年若い医師は最初にレントゲンの写真を撮り、吾郎が要望した通り注射を打ちながら、顔をしかめた。

「いくらセレクションだからって、無茶するタイミングじゃないと思うけどな」

吾郎は首を横に振った。信じてきた野球観も、大切にしていた仲間との関係も、すべてこの日のために捨ててきたのだ。

明日、セレクションが終わったら必ず診断を受けにくること。そう医師に約束させられ、吾郎は川崎にある法政のグラウンドへ向かった。

集まっていた二十人ほどの選手は、甲子園を沸かせたスターばかりだった。バッティングも、走塁も、守備も、ピッチングも、同じ高校生とは思えないほどみな洗練されている。

吾郎も負けてはいなかった。注射の効果は覿面《てきめん》で、久しぶりに痛みの恐怖から解放された中でする野球は、純粋に楽しかった。このメンバーで野球をする。神宮でプレーができる。そう思うだけで胸が弾んだ。

セレクションの翌日、吾郎は約束通り病院に向かった。練習中、肩は驚くほど痛くなかった。たった一本の注射であれだけプレーができたのだ。ひょっとすると、さほど悪くないのでは？

そんな甘い希望を一蹴するように、医師は言い切った。

「右肩の腱板《けんばん》を損傷してるね。言い換えれば、断裂だ。リハビリで治せないことはないけど、できることならすぐにでも手術したい。どうする？」

あまりに率直な物言いに、吾郎はすぐに反応できなかった。ゆっくりと目を向けた照明板に、昨日撮影した右肩のレントゲン写真が差し込まれている。

腱らしいものは無数に見えていた。そのどれが断裂しているのか、素人目にはわからない。

「今、手術をすれば、春までに間に合いますか？」

「いや、最低でも一年はかかると思ってほしい」と、医師は言下に否定した。

もう一度、右肩のレントゲン写真を眺めた。

「少しだけ考えさせてください」としか答えようがなかったが、それが憧れの舞台でプレーをする唯一の方法なのだ。答えは自《おの》ずと一つだった。

晴れてセレクションの合格と、入寮メンバーに選ばれたことを高校の監督から伝えられた日、吾郎は右肩の手術を決めた。

そのことを誰かに相談しようとは思わなかった。深い考えがあったわけではない。むしろ軽く考えていた。もう大学生になるのだ。自己責任としか思えなかった。だが結果的に、それが吾郎を窮地に追い込んだ。

入寮した日のことだった。練習どころか、まだ肩を上げることさえままならない吾郎は、まず四年生の学生コーチに手術の件を報告した。すると、コーチは難しそうな表情を浮かべ「監督は知ってるのか？」と尋ねてきた。

ただならぬ雰囲気に動揺しながら、コーチに伴われて監督室を訪ね、事情を説明すると、当時の野球部監督は烈火の如く怒り出した。

「怪我を抱えて入ってくる一年生がどこにいる！　バカか、お前は。いったい、高校では何を学んできたんだ！」

まさか褒められるとは思っていなかったが、これほどの拒否反応を示されるとは思わなかった。それ以来、監督は吾郎と目すら合わせようとしなくなった。高校の監督からも「裏切り行為だ！」と、怒り狂った電話があった。

もう一つ、吾郎は面食らったことがあった。この年に集った一年生たちの我があまりにも強すぎて、ほとんど誰とも口をきくことができなかったのだ。

チーム仲は最悪だった。同じ県の出身者同士、早々にベンチ入りした選手同士、通いの人間同士と、すぐに細かな派閥ができていく。最初は「あの星から甲子園で三安打した」ということで一目置かれた吾郎だったが、監督に無視されていると知れ渡ると、簡単に見切りをつけられた。

　高校時代の経験から、吾郎には「代の雰囲気は隔世遺伝する」という持論があった。ある代の仲が良ければ、自分たちばかり楽しく、後輩になど目もくれず、結果、下の代は締まらなくなる。締まらない代はまとまりに欠け、自らの鬱憤をさらに下の代にぶつける。理不尽に当たられるその代は、ともに堪え忍ぶことで固く結託し、雰囲気が良くなり、また下には目もくれない……。その繰り返しだ。

　その意味では、一つ上の先輩たちはいい人が多かった。だからこそ、吾郎たちの代の選手にどんどん出し抜かれ、増長することを許したのだが、本人たちは決して不満を口にすることなく、いつも楽しげに練習していた。同じ野球をするのなら、上の代が良かったなと何度思わされたかわからない。

　グラウンドにも、寮にも、大学のキャンパスにも心の休まる場はなく、リハビリだけの最初の一年は、毎日のように辞めたいと思っていた。

　その思いを決定づけたのは、怪我もようやく癒え始めた一年生の冬のことだ。豪雪で練習が休みになったある日、最上級生のキャプテンから全員に言い渡された。

「そろそろお前らの代のマネージャーを決めとけ。立候補でもいいが、まずはちゃんと話し合うんだ。押しつけ合うんじゃないぞ。特性をちゃんと見て決めろ」

マネージャーの特性など想像することもできなかった。それでも、自分はセレクションで入学した身だ。そのうち必ずチームの戦力になるはずだし、実際に肩の怪我は癒えつつある。受験組の中には野球素人のような者も少なくないし、進んでマネージャーをやりたがる人間もいるだろう。そうタカをくっていた。

当時、まだ三十名ほどいた同学年の部員たちは、ミーティングルームに集まると、早速派閥の人間同士くっついて腰を下ろした。必然、誰ともつるまない吾郎は、弾かれるように輪の外に追いやられる。

のちにキャプテンとなる加藤がみんなの前に立ち、問いかけた。

「どうする？　立候補するヤツはいるか？」

部屋に緊張が走った。静けさが充満するだけで、挙手はおろか、顔を上げる者もいない。加藤は何か促すわけでもなく、呆れたように質問を変えた。

「じゃあ、こいつなら信頼できるっていう推薦は？」

吾郎はあいかわらずうつむいていた。だからこのとき、みんながどこを見ているのか、まったく気づいていなかった。

まるで派閥ごとに持ち寄ってきた答えを発表するかのように、ふと顔を上げると、全員が自分を見つめていた。

「西宮がいいと思う。マジメだし、怪我で練習もできてないんだから」

そう言ったのは、同学年にして秋から四番を任されている渡辺だった。仲間たちの考えを理解した次の瞬間、卑屈な笑みが自然と漏れた。出来レースの存在を認識し、自分は何者なのかと笑えてきた。

もう辞めよう。今度こそ辞めよう――。自分は今、神宮でプレーするという夢を奪われようとしているのだ。ここに残る意味はないし、どうせ止める者もいない。

ゆっくりと窓の外に目を向けた。雪はまだ降っている。いつかの夏と同じように、視界がかすかに揺れていた。


新監督に就任した太田清郎にはじめて声をかけられたのは、あのミーティングの夜から二カ月後。春のリーグ戦を間近に控えた、三月のことだった。

吾郎をバックネット裏に呼び出し、監督はいきなり言った。

「おい、西な。お前が思っている以上に、このチームはお前にかかっているんだぞ。やる気がないならそう言ってくれ。生半可《なまはんか》な気持ちでやられちゃ困るんだ」

諭すでも、説教するでもなく、戸惑う吾郎の顔をジッと見つめたあと、監督はトレードマークの意地悪な笑みを浮かべた。

「ま、とりあえず今夜サシで飲みにでもいこうか。まず俺の培ってきたマネージャー理論を聞いてみろよ。面白いぞ、宮吾郎」

ようやく吾郎は合点がいった。西／宮吾郎だ。どうしてそんな勘違いをしているのかわからなかったが、監督はありえない読み間違いをしているようだ。

「監督さん、西宮です。吾郎です」

吾郎を曙町《あけぼのちょう》にある馴染みの赤提灯《あかちょうちん》に連れ出した監督は、ビールに口をつけるより先に言い放った。

「なぁ、宮吾郎。いきなりだけどマネージャーがしっかりしているチームってのは強いぞ。これはもう誰がなんと言おうと厳然たる事実なんだな」

紫煙のこもる焼き鳥屋は、常連らしき年輩のサラリーマンたちで賑《にぎ》わっていた。本当にいきなりのことで、「はぁ……」としか答えられなかった吾郎にかまわず、監督は独り言のように口を開く。

「俺はこれまで地方大学から社会人のオールジャパンまで、結構な数のチームを率いてきたよ。もちろん選手のレベルや環境はそれぞれだったんだが、それとはまた違う部分で手応えがあったり、なかったりしてな。それってどういうことなのかなぁってずっと考えてて――」

おい、食えよ。ここの煮込みは抜群だぞと、監督は唐突に話を変えたが、すぐに何事もないように続けた。

「いや、俺がこの考えに至ったのってわりと最近のことなんだ。振り返ってみると、手応えのあったチームって、マネージャーにプロ意識のあるヤツが多かったんだよ。不思議なんだよなぁ。プレーするのはもちろん選手なのに、なんでマネージャーのいいチームが強いんだろうな。その理由、お前にわかるか」

そう一度は尋ねてきたくせに、勧められるまま煮込みを口に運んだ吾郎に、「どうだ？　めちゃくちゃうまいだろう？」と、監督は頰を緩める。

マネージャーのいいチームは強い。煮込みの話はひとまず無視し、心の中で反芻《はんすう》してみる。あまりしっくりとは来なかった。少なくとも、これまでの野球人生で実感したことはない。

「すみません、よくわかりません」

「噓だろう？　まずいか？　煮込み？」

「いえ、そうじゃなくて。マネージャーの方です。どうしてマネージャーのいいチームは強いんでしょうか」

首をかしげた吾郎に一瞥もくれず、監督はかぶりを振る。

「さぁな。俺にだってよくわからんよ。お前が見つけろよ。あと三年もあるんだから。これは非常にやりがいのある探求だと俺は思うけどな」

言うだけ言って、監督は顔見知りらしき常連客と話し始めた。その姿を横目に、吾郎は再び煮込みをつまむ。

この新監督は、野球界では名の知れた名伯楽だ。選手時代は特筆すべき成績を残せなかったものの、若くして北陸の新設大学の監督に就任すると、三年目に早くもリーグ優勝。以後、指導者としては面白いように実績を積み重ね、数年後に神奈川県下の社会人チームの指導者に抜擢されると、すぐに全日本の監督にも就任している。

そうした情報は、もちろん太田が法政の監督に就任する前から知っていた。でも、だからといって過度な期待はしていなかった。吾郎を無視した前任者も肩書きだけなら一流だった。高校時代の監督だって実績のある人だった。

そう頭で確認しつつ、しかしこの監督は毛色が違う気がしてならなかった。そもそもマネージャーの換えなどいくらでも利くはずなのだ。企《たくら》みを持って自分を口説く必要などどこにもない。監督は本気で言っているということか？　だとすれば、どうして自分なんかに……？

自問する吾郎に目を向け、監督はくすりと笑った。

「俺が母校の監督就任を引き受けるに当たって、こっちからもある条件を二つ出した」

監督はまたしても話題を変え、淡々と続ける。

「一つはこの店の近くにアパートを借りてもらうこと。俺も久しぶりの単身赴任だろ。せめて食事の心配はしたくなくてな。ここは食通な俺が学生の頃から通い詰めた店なんだぜ」

監督はおいしそうにねぎまを頬ばりながら、本宅は福井にあること、そこで妻が教職に就いていることなどを説明した。

「それと二つ目な」

監督は急ピッチでグラスを空けていく。こまめにビールを注ぎ足しながらも、その間さえもどかしく感じられた。気づかないうちに、吾郎は引き込まれていた。監督の次の言葉が待ち遠しい。

その思いに応えるように、監督は明るい声で言い切った。

「二つ目は、マネージャーを推薦で毎年一人獲《と》ることだ。俺が監督をしている間は、十五人の選手に加えて、マネージャーを必ず獲得する。どうだ？　これこそ俺がマネージャーを重用する何よりの証拠だと思うんだがな」

「マネージャーを推薦で獲るって。そんなことどうやって——」

「簡単だよ。幸いにも俺には人脈が結構あってな。北は北海道から、南は愛媛まで。高校野球の監督に知り合いがいるんだ。ま、南の方はちょっとしょぼいけどな」

無意味な笑いを一つはさんで、監督はさらに言う。

「去年の春に法政の監督に就くことが決まって、すぐにその人たちと連絡を取り合ったよ。優秀な選手はもちろん、以下の条件に合致する子がいたら、俺に預けてくれないかって。面接でセレクションさせてほしいって」

「以下の条件？」

「一つ、よく気が利くこと！　一つ、野球が好きなこと！　一つ、だけど法政のレベルには残念ながら追いついていないこと！」

監督は不意に大きな声を張り上げた。もう酔っているのだろうか。それほど量は飲んでいないはずなのに、頬も赤くなっている。

「それと、これが一番大切なことだ。誰よりもチームを愛せる人間であること。選手なんて結局ジコチューな人間ばかりだろ？　どれだけ個々のレベルが高いところで、全員が自分のことしか考えていなかったら、そんなチームは絶対に弱いし、価値がない。監督である俺が上に立っていろんなことを見て見ぬフリしてるから、お前は下から選手のことを煽りまくれよ。理想のチームをお前が作れ」

監督はだらしなく目もとを垂れ下げた。

「プレーヤーなんてただの羊だよ。俺は滅多に顔を出さない牧場のオーナーで、お前はたった一人の羊飼いだ。な？　この牧場はお前にかかってるって気がするだろ？　お前が主役って気がしないか？」

羊の話など関係なかった。「理想のチーム作り」という言葉は、吾郎にとってそれほどの力を秘めていた。レギュラーも補欠もなく、ただ勝つことを目指すチームに憧れた高校時代。それが小さな誤解とボタンの掛け違いから、もろくも崩れていく場面に直面した。あの苦い日々を晴らさせてくれる、そのチャンスを監督はくれるという。

店の大将に新しいビールを注文して、吾郎は尋ねた。一つだけ、どうしても訊いてみたかった。

「どうして自分なんでしょうか。マネージャーをそれだけ大切に思っているのなら、監督さんが一から指名すればいいと思うんです。なぜ、僕なんですか」

傲慢な質問だとわかっていた。でも、吾郎は訊かずにはいられなかった。だからお前は特別なんだという、何かしらの言葉が欲しかった。

吾郎の持つビール瓶を見つめながら、監督は首をかしげた。

「お前以外の誰を飲みに連れてきたところで、誰も俺に酌なんかしないよ。当たり前のような顔で飲み食いして、食うだけ食ったら平気で『早く終わらないかな』って顔してる。お山の大将しかいない中で、それだけでお前は図抜けてる」

監督はこのとき真顔を取り戻し、ささやくように口にした。

「お前たちはただの学生だ。プロじゃない。俺はお前らの十年後、二十年後のことしか見ていない。そのとき誰よりも幸せでいられるよう、今を真剣に生きろ、宮吾郎。選手なんてどんどん出し抜けばいい。将来のお前自身の幸せのために、今、このチームのためにがんばれ」

そして最後に、監督は意地悪く微笑んだ。

「ただ、一つだけな。俺はたぶんお前が思ってるほど酒が強くない。そうマメに注がれてしまうと身体がもたん。今後のために覚えておいてくれ」

吾郎は声を出して笑った。しばらく笑い続けたあと、小さく監督に頭を下げた。

「ありがとうございます。マネージャーの仕事、一生懸命やらせていただきます」

目を細めてうなずく監督に、さらに言いたくなった。

「早速ですが、マネージャーとして要望を一ついいですか？　もし可能なら、いつか福岡遠征の日程を組ませてください」

「福岡？　なぜだ？」

「本当にうまい煮込みを監督さんに食べていただきたいからです」

吾郎がテーブルに目を落とすと、監督も釣られて煮込みの皿に目を向けた。「これもべつに悪くはないんですけどね」と続けた吾郎に、監督は深くうなずいた。

「なるほど、お前は本場の出身か。福岡県代表、朝倉義塾の三番、セカンド。あの甲子園の悪送球はつらかっただろうなぁ。あんなふうに肩をかばって投げているヤツをゲームに使うなんて、あの監督は失格だよな」

試合を見たとでもいうのだろうか。驚く吾郎にかまわず、監督は飄々とつぶやいた。

「ま、おかげで俺は最高の右腕を手に入れられたわけだし、お前は輝かしい未来のきっかけを作ることができたんだけどな。という感じで、折り合いをつけようか」

ジワジワと染みこんでいった言葉が、やがて胸の奥底に触れた。誰にも立ち入らせなかった心の中に踏み込まれ、だけど一瞬で癒やされたようだった。その瞬間、一気に目頭が熱くなった。

とくにわがままな連中が集結した代だ。簡単にまとめ上げる自信はないし、急にチームのためだけにがんばれるとも思わない。

でも、この監督のためならがんばれる。そんな予感はあった。その思いをチーム内で共有することが、さし当たっての自分の使命だ。

この人を男にしよう。ちびちびとビールを舐めながら、吾郎は固く心に誓った。

自分だけが特別だとは思わなかった。もちろん監督は先輩マネージャーたちもどこかへ連れ出し、同じような話をしたはずだ。

しかし、先輩たちは吾郎のようにはいかなかった。さすがに新四年生の先輩は部に残ることを決めたが、三年生の方は四月を待たずに去っていった。「俺はやっぱり野球がしたかったんだ。話をしていて逆に確認しちゃったよ。あの監督の言葉は詭弁《きべん》だと思う」と、周囲に告げたらしい。

自分と同じような話を聞いて、その上での感想ならば、ちょっとどうかしていると吾郎は思った。思いを共有できない先輩ならば、いない方がマシだ。

報告を受けた監督も引き留めようとしなかった。「だからイヤイヤやられるのが一番困るって言ってるじゃん」と、さらりと吾郎に顔を向ける。

「お前、さらに責任が増しちゃったよなぁ。まぁ、しっかり頼むわ」

先輩が一人いなくなったところで、自分のやることに変わりはなかった。それよりも吾郎の覚悟を後押ししたのは、後輩マネージャーが入部してきたことだ。

あの焼き鳥屋で語っていた通り、監督は本当に推薦でマネージャーを引っ張ってきた。

「前川茂之《まえかわしげゆき》です！　よろしくお願いいたします！」と、緊張した様子の後輩は、誰よりも先に吾郎のもとへ挨拶にきた。

前川の話でもっとも驚いたのは、監督がしきりに吾郎を褒めていたということだ。

「これからの野球部は西さんが礎《いしずえ》を築くとおっしゃってました。心ある先輩だから何も心配しないで入部してこいとも言ってました」

まだ前川の実直な性格を把握する前のことだ。先輩である自分に媚《こ》びているだけではないかと身がまえたが、酒を飲んでいるときの監督の赤ら顔を思い出し、また鼻先がつんと熱くなる。

後輩を前に泣いている場合じゃないと踏ん張り、「出身はどこなの？」と、吾郎は平静を装って尋ねた。

「京浜高校です。神奈川の」

「へぇ。じゃあ銀縁の後輩ってこと？」

「はい。ブルペンでずっとボール受けてました」

「そうなんだ。どんな奴だった？」

「基本的にはいい人だったとは思います。ただ、危機管理能力がハンパじゃなかったですね。わりと都会にあったせいか、うちの高校って結構タバコ吸ったりする先輩が多かったんですけど、そういうことは絶対にしませんでした。その分誰にも胸の内を明かさないというか、一匹狼的なところはある人でしたね。孤独なんだろうなぁって思ったことが何回かあります」

　前川の言葉を聞きながら、甲子園の打席で対峙《たいじ》した星の銀縁メガネと、洗練されたたたずまいを思い出した。そしてすぐに脳裏を過《よぎ》ったのは、監督のことだ。

　吾郎たちの前後の代に京浜出身の選手はいない。一年のシーズンを終えた段階で早くも神宮で八勝を挙げている星は、四年生になったときはもちろん、今の時点ですでに対処しなければならないライバル校のエースだ。

　監督は前川にその攻略の糸口を期待したのではないだろうか。あるいは、甲子園で三本のヒットを打っている自分にも。

「へぇ、西さんって朝倉義塾の出身なんですね。うちと甲子園でやりましたよね。三番にいいバッターがいたんですよ。セカンド守ってる人で、たしか名前が……あれ？　西さんって……」

　名簿を見ながら好き勝手なことを言う後輩に、笑みが漏れた。

「西宮だよ」

「はい？」

「なぁ、前川。お前、野球好きなのか？」

「はい！　そりゃ、もう」

「でも、あまりうまくはない？」

「最後にレギュラーだったのは小六でした」

「だったら……。まぁ、そのままでもいいのかな。宮吾郎さんでべつにいいか」

　不思議そうに目を瞬かせる前川に、吾郎は気恥ずかしくなってうつむいた。しかし何かを断ち切るようにもう一度顔を上げると、今度はキッパリと言い切った。

「周りがどう思うかなんて関係ない。二人でいいチームにしてこうな。俺たちが必ず監督を男にしよう」

　しばらくの間のあと、前川の快活な声が返ってきた。

　マネージャーという仕事に就き、大きく変わったことは二つある。一つは、生活が気持ちいいほどさっぱりと野球と切り離されたこと。練習の手伝いはおろか、グラウンドに上がることさえ滅多にない。

やることといえば、基本的には監督のお供だ。スケジュール管理や来客の調整も一手に担う。飲み屋で昔話に耳をかたむけるのも大切な仕事の一つだ。

もちろん一般的なマネージメント業も幅が広い。大学体育会マネージャーの特徴は、学生らしさと社会人っぽさの両方を兼ね備えていることだろう。たとえば寮の清掃チェックや案内状の宛名書きといった単純作業をする一方で、オープン戦の日程を組み、合宿、遠征のスケジュールも調整する。

中でももっとも腐心したのは、三年生に進級したのと同時に全面的に任されるようになった予算の管理だ。

吾郎はまず一カ月にかかるであろう金額を綿密に計算し、それを月はじめにＯＢ会の会計係に連絡する。

と、その翌日には、伝えた通りの額を会計係が部の共通口座に振り込んでくれる。一カ月にかかる金は平均して百五十万円。その金を吾郎たちが預かり、そこから遠征費や食費を捻出する。

ついこの間まで九州の片田舎で野球しかしていなかった自分が、そうした多額の金を扱うようになったのだ。これが想像以上にプレッシャーのかかる作業で、なかなか思うようにならなかった。たまにどうにも想定することができない月などは、ひとまず多めの額を申請したりした。

するると、会計係から必ず一言チクリとやられた。

「最近、お前らちょっと金を使いすぎてるぞ。無尽蔵にあると思われちゃ困る。大切に使ってくれよ」

毎月電話をしている相手がいったい何者なのか、実は吾郎はよく知らない。野球部のブラックボックスといったら大げさだろうが、どれほどの人間が部に関わっているのか想像もできない。

とはいえ、たしかに会計係の言うのももっともだ。部の活動が毎年部員から徴収する一人あたり数万円程度の部費だけで賄えるわけがなく、ならばそうした金はどこから発生しているのか。

野球部はきっと多くの善意と思惑、そして政治の上に成り立っている。しかし、そう自覚する吾郎たちと違い、選手たちはそのことに気づかない。彼らはプレーすることこそが正義なのだから、それでいいのだと思う一方で、何をするのも当然のような顔をしている同級生たちに苛立《いらだ》ちを覚えることも少なくない。

その同級生を含む選手たちとの関わり方こそが、マネージャーになって大きく変化したことのもう一つだ。

先輩マネージャーは普通に選手たちともつるんでいたが、吾郎はあえて距離をとることを選択した。理由を問われても、明確な答えはない。ただ、何かを感じ取ってもらうことが自分の仕事とは思っていた。言葉ではなく、黙々と仕事をこなすことで、仲間に奮起してほしかった。

もちろんマネージャーになってからも、みんなと同じ寮には住み続けている。強引な押しつけによって不本意な仕事をやらせているると気まずく思うのか、監督との間にあった一件など知る由《よし》もない同級生たちは、次第に吾郎の顔色をうかがうようになった。

「なぁ、今からみんなで六本木行くんだけど、一緒にどう?」

四番を打つ渡辺にそう誘われたのは、三年生になってすぐの頃だ。驚く吾郎にかまわず、渡辺はバツが悪そうに続けた。

「ほら、お前とはなんかゴタゴタがあったままで、あれからちゃんと話せてないだろ。みんなも同じようなこと言ってるし、行こうよ。俺たちがおごるから」

後半は風にかき消されるように声がか細くなっていった。それでも渡辺たちの気持ちは伝わったし、素直に嬉しいとも感じた。

この頃の、同級生たちの変化にはうすうす気づいていた。キャプテン候補の加藤からは「いつもありがとな」という声をかけられていたし、他の選手たちからも「西宮って普段どんな仕事をしてるの?」と興味を持たれることが増えていった。

誰もがそれぞれの地元の高校で、井の中の蛙《かわず》でやってきた連中だ。それがレベルの高い六大学の、さらにハイレベルな法政野球部で二年を過ごし、ようやく丸くなってきたという感じだろう。いつかのように見下されているとはもう感じない。

「いや、ありがたいけど俺はやめとくよ。まだ仕事が残ってる」

嬉しさを押し殺しながら、吾郎は顔も向けずに断った。なぜこれほどかたくなに選手たちと距離を置こうとするのか、やはり自分でもわからない。

ただこのときも、遊んでいる場合かよ、だったらもっと練習しろ、と内心思っていたはずだ。なのに、途端にさびしげな表情を浮かべた渡辺に、つい甘い顔を見せてしまう。

「あまり遅くなるなよな。遊びもいいけど、お前は大切な戦力なんだ。これで怪我でもされたら俺が後悔する」

やっていた封筒詰めの作業を一旦止め、吾郎は首をすくめてみせた。まるで先生から許しを得たイタズラ小僧のように、渡辺の顔に笑みが広がっていく。

いつもよりめかし込んだ渡辺は、部屋を出る直前に吾郎の方を振り返り、こんな言葉を残していった。

「いつもありがとな、宮吾郎。っていうか、いつもお前が何やってるのかなんて俺は知らないんだけどな」

はじめて渡辺にニックネームで呼ばれたこの日、自分の進んでいる方向は間違っていないのだと吾郎は確信した。そしてこのチームは絶対に強くなると心の底から思った。

それを証明するように、レギュラーのうち五人を同級生で固めた三年春のリーグ戦で、法政はぶっちぎりの優勝を飾った。他大から一つの星も落とさない、完全優勝。監督の野球が選手間に浸透している実感があった。この優勝を皮切りに、法政の黄金時代が来ることを予感したし、そう書き立てるメディアもあった。それなのに……。

それからの二シーズン、法政は見事に優勝から見放された。吾郎たちの前に立ちはだかったのは、いつも早稲田であり、エースの星だった。三年生の秋、そして四年生の春と、いつもここ一番の早稲田戦で勝ち星を逃し、法政は二位に甘んじた。

その間、どれだけOBたちから突き上げられようとも、監督は落ち着いていた。むしろ好々爺然とした笑みで受け流す監督を見て、苛立ち、憤り、ふがいないと落ち込んだのは吾郎の方だ。

その思いは、四年生になった頃、ようやく少しずつ周りにも伝播《でんぱ》していった。春の法早戦を一勝二敗で落とし、涙を流す選手が何人かいた。晴れてキャプテンに就いた加藤は「情けない」と肩を落とし、星から二安打した渡辺さえも「俺のせいだ」とうなだれた。

仲間たちの、こと野球に関しての「俺が、俺が」の精神は、入部した頃よりさらに磨きがかかっているように思えた。

でも、不思議といつかのように不快な思いはしなかった。誰も言葉にはしないが、きっと心に秘めている。監督を男にしたい――。今はその一念の下に結束したチームだと、吾郎は信じてみたかった。


手前勝手なＯＢたちがずっと嫌いだった。適当なことばかり並べ立てるメディアが疎ましかった。肝心な場面で見逃し三振をする選手たちが歯痒かった。そうしたすべてを引っくるめて、いつもさびしげな表情を浮かべて目の前に立ちふさがる星が憎らしくて仕方がなかった。

四年生の秋、ついに開幕したラストシーズン。直前に加藤からあらためて監督を男にしようといったことが語られ、盛り上がった選手たちは、その勢いのまま一週目の相手・立教に圧勝した。

いよいよ二週目の早稲田戦を翌日に控え、部員たちは自発的にミーティングを開いた。四年間寮にいて、こんな場面に遭遇するのははじめてだ。

吾郎もまた前川を自室に呼び出し、二人で早稲田の初戦の映像を見た。もちろん星対策を講じるためだ。こんなふうに吾郎が対戦校を研究するのも、前川と野球のことで話し合うのもはじめてだった。

早稲田は初戦、東大相手にまさかの黒星スタートを切った。たしかに深町真澄という東大の開幕投手の出来は目を見張るものがあったが、それでも東大相手に取りこぼしているようでは知れている。今季の早稲田は恐れるに足りないのではないか。映像を見ながら、そんな気がした。

試合は淡々と進んでいった。違和感を覚えたのは、星が東大に初ヒットを許した場面だ。マウンドで不思議そうに首をひねる星を見て、唐突にある場面がよみがえる。太陽が照りつける真夏の甲子園、吾郎が星から三本目のヒットを打った打席だ。

「なぁ、銀縁ってヒザが悪かったりしない？　じゃなければ股関節」

かすかな予感があった。前川は何事かというように眉根を寄せたが、すぐに小さくうなずいた。

「なんで知ってるんですか？　股関節ですよ。生まれつき悪いからって、試合前は必ず入念なストレッチを手伝わされてました。面倒だから記者には言うなよって、笑ってましたけどね」

のんびりと応える前川とは対照的に、吾郎の気は急《せ》いた。やはりそうだ、間違いない。あの甲子園での第三打席、自分はたしかに感じたのだ。ヒザの曲がりがいつもより小さい。だから、ストレートで決めにくる、と。

星はもともと下半身の粘りを使えるタイプではない。身体のどこかをかばうかのように右足の上がりは極端に小さく、軸となる左ヒザもほとんど曲がらない。だからユニフォームの左すねの辺りが泥で汚れるということもほとんどない。

とくにストレートを投げるとき、星のヒザは突っ立ったままだ。ステップを小さくして勢いのあるボールを投じようとするためか、それとも変化球のときはコントロールを気にして、無意識に曲げてしまっているのかはわからない。ただ、かすかとはいえ両者の間には違いがある。

瞬間的にそのことに気づいたのは、甲子園の打席だった。でも、スタンドにガッツポーズをした一塁ベース上で、すぐに〝気づき〟は消えてしまった。

東大戦の映像を見ていて、あの日のことを思い出した。巻き戻すまでもなく、ストレートと変化球とであきらかに星のフォームにはバラツキがある。なぜ今まで思い出せなかったのか。自分の目の節穴ぶりを呪いたくなる。

いてもたってもいられなくなり、吾郎は立ち上がった。

「おい、行くぞ。俺たちもミーティングに参加する」

「ええ、マジですか。そんなこと……」と目を白黒させる前川を無視し、ベンチ入りメンバーが集まるミーティングルームへと向かった。

ノックもせずに部屋へ入ると、鋭い視線がいっせいに吾郎へ向いた。これまで自ら線引きしてきた以上、越権行為である気もしたが、春とは意味が違う。絶対に優勝しなければならないのだ。チームのためになるという思いがはるかに勝った。

「すまない。みんな、聞いてくれるか」

そう切り出し、吾郎は星の投球フォームのクセについて、なるべく丁寧に説明した。最初に反応したのはとなりに立つ前川だ。「え、マジですか？　自分そんなの知らないっすよ。どこ、どこ？」と、目を見開く。

とはいえ、劇的な違いがあるわけではない。すぐに気づいた者もいれば、そうでない者もいる。しかし、とりあえずキャプテンの加藤と四番の渡辺は不敵に笑った。さすが脳みそ筋肉の、野球バカだ。それだけで充分だ。

その後、選手たちは吾郎たちの存在を忘れ、すぐに侃々諤々《かんかんがくがく》やり合い始めた。誰からも礼など言われなかったし、もちろん吾郎からも求めない。自分たちは黒衣《くろこ》であり、チームが勝つだけで報われる。

唯一その思いを共有する前川と目配せし合い、こっそりと部屋を抜け出した。「うっしゃー、明日は勝つ！」「ギッタギタにしてやる！」「ファッキン代議士！」などという無骨な声が背後から聞こえたとき、不意に「羊飼い」という単語がよみがえった。振り払うように、吾郎は首を振る。

「猛獣使いだよな？」

前川は不思議そうに首をすくめた。自分の目が潤んでいることに、吾郎は気づいていなかった。

翌朝、法政ナインはかつてない昂《たかぶ》りを胸に神宮へ乗り込んだ。一人だけブレザー姿の吾郎も臨戦態勢だ。これまで数え切れない量の名刺を配ってきたのも、高級店で苦手なOBと対峙したのも、グローブを実家に送り返したのも、すべてこの日のためだ。早稲田を倒して、優勝する。逸《はや》る気持ちを抑えるのに必死だった。

だからだろうか。いつもは粛々と事務作業をこなす試合前、吾郎はつい似合わないことをしてしまった。

「ねぇ、ひょっとして西宮くん？」

バスから荷下ろしをしていたときだ。聞き覚えのある声に振り返ると、そこに白地に臙脂《えんじ》色の文字が入ったユニフォームを着た、星がいた。

突然のことに戸惑う吾郎に、星は「早稲田の星です」とはにかんだ。

「前川から話は聞いてるよ。甲子園のときと同じように今日もいい試合をしよう」

どうやら他意はなさそうだが、吾郎にとっては何から何までイヤミだった。おもむろに差し出された右手を見下ろしたとき、胸の中で何かが弾ける音がした。そして、無意識に言葉が口をついた。

「ドラフト会議が再来週で残念だったな、星」

首をかしげた星に、吾郎はさらに畳みかける。

「きっと今日うちにボコボコにやられるだろうからさ。スカウトの評価が下がったら申し訳ないなって。あの銀縁くんが二位指名なんて絵にならないだろ？　法早戦がドラフトのあとだったら良かったのにってさ」

星は大きな目を瞬かせたが、しばらくすると納得したように微笑んだ。

「へぇ。そういうタイプなんだ、西宮くんって」

そう言うと星は唐突に空を見上げ、眩《まぶ》しそうに目を細めた。吾郎も釣られて顔を上げる。雲一つない、初秋の青が広がっていた。

何かを確認するように大きくうなずくと、星はマウンドにいるときのようなさびしげな視線を吾郎に向けた。

「でも、たぶん俺は負けないよ。君たちとは背負っているものが違うから。俺に関わってくれたすべての人に報いるために、俺は投げてるんだ」

差し出していた手を引っ込め、チームの輪に戻っていく背番号「18」を眺めながら、吾郎はつくづく思った。

だから、お前のことが嫌いなんだ——。

そう胸の内で毒づいたあと、ふと仲間たちのことを考えた。結局、連中の口からは最後まで「監督のために」という言葉を聞けなかった。

マネージャーに就任した日、自分が理想としたチーム像にはいまだ遠く及ばない。悔しいと思う一方で、でもだからこそこのチームは素晴らしいという思いもある。選手たちはどこまでいってもジコチューだ。みんながみんな自分のためだけに好きなことをやっている。だから恩着せがましくないし、恨みがましいことを口にしない。

それでいいのだ。それが正常だ。

「おい。何やってんだよ、宮吾郎。行くぞ」

いつまでも星の背中を睨んでいると、声がかかった。振り向き、吾郎は尊敬してやまない監督のもとに駆け寄った。

吾郎の耳に、先乗りしていたブラスバンドが奏でるメロディーが飛び込んだ。勇壮な法政の応援歌、『若き日の誇り』が、神宮の高い空に抜けていく。

	早大	慶大	立大	明大	法大	東大
秋季リーグ戦 星取表						
早大					○●○	●○○
慶大						
立大				●●	●●	
明大			○○			
法大	●○●		○○			
東大	○●●					

法政、早稲田に惜敗 勝ち点逃す

両チーム1勝1敗のタイで迎えた3回戦。法政は初回に4番・渡辺圭造（4年・深山学園）が早稲田の先発・星隼人（4年・京浜）の直球を狙い、先制ホームラン。四回にも再び渡辺のホームランで突き放すが、その後はジリジリと早稲田の展開に。七回に逆転されると以降は攻撃面でも精彩を欠き、星を攻略できなかった。星は初戦と合わせこれで今シーズン3勝目、大学通算28勝となった。【長岡平助】

「マネージャーのために」法政、願い届かず

法政の主務・西宮吾郎（4年・朝倉義塾）は4年前の甲子園のスター選手。大学入学後に右肩を怪我し、自ら希望してマネージャーになった。西宮の思いを知るチームメイトは「マネージャーを胴上げするため」を合言葉に、打倒早稲田に燃えたが、立ちふさがる星の前に力尽きた。

議員にファウルボール直撃、命に別条なし

試合中、法政の四番・渡辺の放ったファウルボールが観客席に飛び込み、観戦中だった豊島和樹・衆院議員（民自党）を直撃した。命に別条はないという。当日は平日開催の三回戦で、国会会期中の観戦に与野党から批判の声が上がっている。豊島議員は法政OB。「地方分権」を掲げ、来春の川崎市長選への立候補が有力視されている。

①早大2勝1敗

	1	2	3	4	5	6	7	8	9	計
早大	0	0	1	0	0	1	2	0	0	4
法大	2	0	0	1	0	0	0	0	0	3

（早）星―田中
（法）木下、宮本―西平
▽本塁打 渡辺2（法）

第3週　もう俺、前へ！

ハッキリ言って、アホだった。

「多摩商経大学文学部四回生、ニシジママツヨシと申します！」

スポーツ刈りにダブルスーツという格好の男が勇ましい声を上げたとき、会社説明会の会場である小ホールはにわかにざわついた。

人事担当の女性がこう言ったのは、一分前だ。

「それでは、質疑応答の方に移りたいと思います。時間も押しておりますので、お名前や学校名などは結構です。質問がある方はどうぞ挙手してください」

どうやら〝ニシジマ〟くんには日本語が通じないらしい。あるいは、とんでもなく記憶力が悪いかのどちらかだ。「商」なのか「経」なのか、はたまた「文学」なのか、結局何を学んでいるのかよくわからない彼は大汗をかきながら、しきりにマイクを握りかえる。

北島一雄《きたじまかずお》はその姿を眺めながら、首をひねった。百歩譲って東大なら理解できる。早稲田、慶應、上智でギリギリだ。明治の自分だって恥ずかしくて人前で大学名を明かせないのに、多摩商経大の文学部とは何事だろう？　なんのＰＲのつもりなのか？

ふと、となりの男と目が合った。私服姿の男の目も嘲笑に充《み》ちている。

「本日は我々リクルーターのためにこのような貴重な時間を提供していただき、誠にありがとうございます――」

「我々リクルーターは、この不況下の日本において――」

「この時代を戦うリクルーターとして、自覚を持って今回の就職活動に挑む所存であることを――」

おそらく覚えたばかりなのだろう。ニシジマくんは「リクルーター」という単語を連呼した。

気持ちはわかるが、残念ながらそれは誤用だ。「リクルーター」とは企業側の新人採用担当者、それも一部有名大学の学生を釣り上げるための社員のことであって、就職活動中の学生を指すものでは決してない。ましてや多摩商経大学には、一生縁のない言葉である。

私服姿の男が耐えきれなくなり、ついに噴きだした。それを合図に、そこかしこから苦笑が漏れる。

ニシジマくんは気にせず、延々と自らの日本不況論を、そして就職活動とは何かという持論を述べた。

人事担当の女性が、これ見よがしに腕時計に目をやる。きっと忙しい中参加させられたのであろう若手社員は、うんざりしたように天井を見つめている。ニシジマくんの言う「貴重な時間」は、ごく一部の熱狂的な高揚と、それ以外の多くの苛立ちをともなって、こうして無為に過ぎていった。


説明会会場のほど近く、六本木のスターバックスの店内は、スーツ姿の学生たちで賑わっていた。

先ほどの会場で見かけた姿もチラホラある。誰もが目の前にエントリーシートと思《おぼ》しき紙を広げ、難しい表情を浮かべている。けやき坂が見渡せるオシャレな雰囲気を、ヨレヨレのリクルートスーツたちが台無しにしている。

真夏にまだ就職活動を続けているというだけで、彼らはきちんと〝負け組〟に見えた。もちろん自分もその一人だ。やれ物産だ、NHKだ、否、日銀だ！　と息巻いていた昨夏のフレッシュさが嘘のように疲れきっている。長い就活の日々に比例して、孤独が胸に募っていく。

他の学生たちと同じように、一雄は昨夜から苦戦している第一志望の商社、三洋商事のエントリーシートを広げた。当初はそれほど自己PRを苦と感じていなかったが、こうも敗戦が続くといい加減、何かが違うと痛感させられる。

とりあえず常識的なことを書いておいて、現役の明治の商学部というだけで、書類選考で落とされることはほとんどない。

問題はただ「通過」するためのエントリーシートではなく、「面接官が食いついてくる」ためのものを書かなければならないということだ。自分はそこが圧倒的に足りていない。

今回もそうだ。〈あなたはどんな人間か？〉という壮大な質問に、三洋商事から与えられたスペースはわずかに三行。

どうすれば面接官が食いついてくれるのか。考えれば考えるほど混乱し、一雄は思い切ってマニュアルに委ねたこれまでの発想を変えてみた。とりあえず、思うがままを書いてみようと思ったのだ。
１　地元・知多半島では「神童」などと呼ばれていました。
２　本当は早稲田に行くはずでした。
３　世の中、バカばっかりのクソったれだ。と思っています。
殴り書きした下書きを冷静に見つめ、一雄は他人事のように独りごちた。

「ああ、すごい。見事に俺がクソったれだ」

しかし一方では、やはりこれこそが本当の自分という気持ちもどこかにある。三年生の夏に目を通した多くの面接マニュアルには、ほとんどすべてにこうあった。

『就職活動中の学生というのは、往々にして自分を取り繕いがちなものです。しかし百戦錬磨の面接官は、そんなあなたの本質を必ず見抜いています。良く見せようとしても仕方がありません。ありのままのあなたを良しとしてくれる会社をまず見つけること。そして、そうした会社をあなた自身が選び取ること。それこそが、就職活動をする本当の目的なのではないでしょうか』

その「ありのままの自分」をさらけ出せば、このザマだ。これがさすがにPRになりえないことなど中学生でもわかる。たしかに本にある通り、この猛々《たけだけ》しいまでの卑屈さは、社会のどこかで通用する気もするのだが。

春先から考え続けていることを、この期に及んで尚も思った。しかし結局はいつも通り、バイトで身につけた「責任感」や、アメリカ旅行で培った「見聞」といった無難な言葉が、エントリーシートを埋めていく。

我ながらうんざりする出来だった。イライラが募り、早急な気分転換が必要で、すっかり温《ぬる》くなったアイスキャラメルマキアートを一口含んで、一雄はスマートフォンを取り出した。

ネットにつないで、就活中の学生が集まる掲示板から〈富山建設グループ〉のスレッドを選択する。先ほど説明会に参加した建設会社の採用情報が、リアルタイムで更新されている。

　ネット社会の恐ろしさは、就活を始めてから何度となく目撃した。悪目立ちする人間は往々にして袋叩きにあう。案の定、多摩商経大学のニシジマくんも早速やり玉に挙げられている。

『彼の虜《とりこ》になりそうだｗ』

　そんな酔狂なファンの獲得には成功したようだが、大半は見ているだけでも憂鬱になる罵詈雑言《ばりぞうごん》であふれている。バカ、アホ、テイガクレキ、タマホウケイダイ……。

　一雄は普段書き込みを滅多にしないが、今日はフラストレーションを発散せずにはいられなかった。

『そもそも「四回生」って言い方が気持ち悪い』

『ダブルのスーツがナゾだったｗ』

　それぞれ数人ずつからレスポンスを得ることに成功し、少しだけ心が充たされる。だからというわけではないだろうが、「ホントだよね。あれはちょっとひどかった」という生の声が自分に向けられていることに、一雄はしばらく気づかなかった。

　ゆっくり振り返ると、紺のチェックのフランネルシャツに、カーキ色のチノパンという見覚えのある格好の男が立っていた。それが説明会会場でとなりに座っていた男であるということにも、やはりすぐには気づけなかった。

「おお、スッゲー。彼の悪口でいっぱいだ」

どういうつもりか、男は無遠慮に画面を覗《のぞ》き込む。一雄は瞬時に頬を赤くし、スマホをカバンに戻した。男は平然と笑みを向けてくる。

「突然ごめんんね。さっき説明会にいた人でしょ？」

そう言って、男はとなりの席に腰を下ろした。そして「新藤《しんどう》です。よろしく」と、はじめて照れたように口にする。

正直、苦手なタイプだった。就職活動をしているとこの手の人間とたまに出会う。浮かれたように話しかけてきて、面接後に情報交換を求めてきては、みんなのメールアドレスを強引に取りまとめ、勝手に〈常勝会〉などという名前を付けたメーリングリストを作成するくせに、気づいた頃にはフェードアウトしているタイプだ。

どうせこいつもそうだろうと、はじめは適当に話を合わせていた。しかし「大学どこ？」という一雄からの何気ない質問に対する答えで、男への興味が一気に湧いた。

「ん？　明治」と、つぶやいた言葉にではない。そんな人間はごまんといるし、同じ大学の人間になどべつに会いたいと思わない。

一雄の心をガッチリとつかんだのは、さらに続けたこの一言だ。

「就活で会う人に明治とか言うの、ちょっと恥ずかしいんだけどね」

ああ、俺と一緒じゃん。真っ先にそう思った。それと同時に、一雄の顔にも笑みが広がった。就活中に積もりに積もった孤独がかすかにうすれていくことを、一雄はたしかに感じ取った。

新藤友之《ともゆき》は法学部の四年生だと飄々と名乗った。一雄が「俺は商学部」と言うと、新藤が目を瞬かせ「え、明治の？」と、気まずそうな表情でつぶやく。

少し考えてから、一雄は答えた。

「大丈夫。俺も人前で明治って言うの、ちゃんと恥ずかしいと思ってるから」

呆気に取られたような新藤に、さらに続ける。

「北島一雄。よろしく」

ポカンと口を開いたあと、新藤は腹を抱えて笑い出した。

「スゲー！　北島っていうんだ？　うちの大学の鑑《かがみ》じゃん！」

「うん。そう言うと思ってた」

「え、ラグビー部なの？」

「なわけないじゃん。見てよ、この細い腕」

「御大《おんたい》の孫とか？」

「イズムさえ継承してないね」

「ん？　前へ、前へってやつ？」

「うん。どっちかというと、俺は、うしろへ」

「ハハ、スゲー。俺と一緒だ」

新藤が一雄の名字を指して言ったのは、明治大学の象徴ともいうべき人物、北島忠《ちゅう》治《じ》のことである。

相撲部から転身し、自らもラグビー部の中心選手として活躍した後、北島は二十八歳の若さで監督に就任。以後、日本代表監督などを兼任しつつ、九十五歳で亡くなるまで、実に六十七年という長きにわたりラグビー部を指導し、常勝・明治の礎を築いた。

明治大学への進学が決まった高三の二月、やはり一雄の姓をつかまえ、周囲の人たちがずいぶん盛り上がっていたのを覚えている。

浪人してもっと偏差値の高い大学を目指すべきかどうかで悩んでいた時期に、担任の体育教師もこんなことを言っていた。

「なんかお前が明治って、俺は運命めいている気がするんだけどな。いや、もちろんお前なら浪人すれば、行きたい大学に行けるだろうよ。でも、本気でそう思うなら、大学に通いながらまた受験すればいいじゃないか。それよりも明治出身の北島だなんて、社会に出たら絶対に重宝されるぞ」

この頃の一雄は、まだ北島忠治についての知識がほとんどなかった。担任との面談のあと、帰宅し、ネットに転がっている情報から、以下の四つが御大の提唱した部の合言葉だと知ったのだ。

〈最後まで諦めるな〉

〈躊躇《ちゅうちょ》せず突進せよ〉

〈勇猛果敢たれ〉

〈全速力でプレーせよ〉

それに加えて、あの象徴的な言葉だ。

〈前へ！〉

まだ青臭かった頃の自分に、言葉は素直に染み入った。それくらい、人生を懸けて勉強してきたつもりだった。常に全力で、絶対に諦めず、きっと勇猛で、そして前だけを向いて……。小さい頃から「神童」ともて囃《はや》され、期待に応えようとやってきた。

十八年もがんばってきたというのに、どうしてあと一年くらい勉強することができなかったのだろう。たいして信頼していない教師の、覚悟のない言葉をすんなりと聞き入れ、名前などに運命を感じてしまったのか。

考えてもわからない。やはり自分は青かったという答えしか見つからない。

新藤との会話はことのほか盛り上がった。人と人とが手っ取り早く結びつくには、共通の敵を作ることだ。いつかそう言ったのは、北島家を徹底的に「悪」と見立て、兄嫁と強く結びついた母だった。

決して何かを「敵」とも「悪」とも思わなかったが、ニシジマくんの話題は尽きなかった。六本木のスターバックスで一通り盛り上がり、お互いの家がわりと近所だと知ってからは場所を三鷹の居酒屋に移し、さらに深く話し込んだ。

ニシジマくんのことや、大学に対する考えは気持ち悪いほど合致した。それでも一雄と新藤の間に共通項はそう多くはない。説明会にもしっかりスーツを着ていくタイプと、どうせ誰も見ていないからと平気で私服でいくタイプ。地方から上京してきた者と、三鷹に実家がある者。まったく酒が飲めない人間と、休むことなくグラスを傾けている人間。いまだ内定ゼロの自分と、すでに二社から内定をもらっているが、さらにいい会社を狙って秋採用に臨む新藤……。

もちろん、一雄は内定については嘘をついた。

「一つ住宅メーカーから内定はもらってるんだけどね。ブラックっぽいし、まだ就活やめるわけにはいかないよ」

「営業？」

「え？　ああ、うん。営業」

「そうか、家売るのはたしかに大変そうだもんね。ニシジマくんじゃないけど、実際こんな時代だしさ」

新藤は数杯目のビールを一気に飲み干し、続ける。

「俺も食品と流通から内定もらってるんだけど、どっちもバリバリの体育会系くさいんだよね。ネットとか見てると悲惨だもん。少なくとも一生働ける気はしない」

「不思議だよね。そういう会社が好き！　とか言ってる人なんて見たことないのに、なんでそんな会社が世の中多いんだろう」

「うーん、どうなんだろうね。うちの大学が一つ関係している気もするけど」

「どういう意味？」

「よく言われるじゃん。明治は人柱だ、企業戦士だ、ソルジャーだって。普通よりちょっとだけ賢いけど、早慶に比べてブランドも、プライドも、自信もない。きっと従順なんだろうなって思ってさ。そりゃ会社にとっては扱いやすいだろ」

新藤は何かを推理するように腕組みし、一雄の答えを待たずにさらに続けた。

「あとはやっぱり体育会のヤツらのせいだよ。頭を使えない分、あいつらこれまで体力勝負をし過ぎてきた」

「ああ、たしかにそれはあるよね。学校で見かける連中とかもひどいもん」と、一雄も心の底から同意する。

「やっぱりラグビー部でしょ？」

そう決めつける新藤に、一雄は苦笑して首をかしげた。

「と、野球部かな。滅多に授業なんて出てこないで、たまに出てくるとホントに偉そうにやってるよ。我が物顔で。受験して入ったわけでもないくせに。俺の視野に入ってくるなっていつも思う」

「ハハハ。わかる、わかる。野球部、たしかにうざいよね」

大学の講義に、一雄が最初に絶望した瞬間だった。入学する前から楽しみにしていた教授の講義で、体格のいい何人かが遅れて入室してきて、教室の最後列に陣取った。はじめのうちはうるさく騒ぎたてていた連中は、しばらくすると当然のようにいびきをかき始めた。あとになって、推薦で入学してきた野球部員だと他の学生から教えられた。

教授もとくに注意するわけでなく、そうしただらけた空気は次第に一般の学生にも伝わっていった。気づいた頃には講義の体《てい》をなさなくなり、以来、一雄は学内で野球部員の姿を見かけるたびに腹を立てるようになったのだ。

しばらくの間は楽しそうに同調していた新藤が、ポツリと言った。

「だけど、ああいうヤツらに限って、いい会社からポンポン内定もらったりしてるんだろうな」

一雄もこくりとうなずいた。

「で、またブラック会社の出来上がりってわけか」

「でも、まぁ仕方ないのか。俺たちは所詮〝銀縁世代〟なわけだしね」

「銀縁世代？　何それ」

「知らない？　ネットなんかに出まくってるじゃん。早稲田のエースピッチャー、星隼人のことだよ。神奈川の京浜高校で甲子園優勝して、早稲田に野球で進学したヤツ。早稲田入ってからもまあまあ活躍してるし、この秋のドラフトの超目玉だって。タメの人間が一億とかもらうんだぜ。あらためて考えるとイヤになるよ」

　体育会系を痛烈に批判していたくせに、新藤はやけに野球に詳しかった。スポーツニュースなど見ないし、大学進学後のことはほとんど知らないが、もちろん星という男の名前は一雄も知っている。

　新藤は再び笑顔を浮かべ、明治批判を始めた。一雄の方は星の話題をきっかけに、心を沈ませた。

　そして、新藤がこんなことを口にしたときだ。

「知ってる？　俺らが一年生の夏休み前に、いきなり学校の便所の壁に『俺は早稲田に行くべき人間だ！』っていう落書きが現れたんだ。あっという間に学校の人に消されちゃったけど、あれって一部の明大生の心情を完璧に捉えてたと思うんだよね。俺、大笑いしたけど、一方ではめちゃくちゃ感動したし、悔しくて泣きそうにもなったよ」

　一雄は気づかぬうちに新藤のグラスを奪い取っていた。飲めないビールを口にし、カバンからメモ帳を取り出した。

「俺、明治なんかに通ってるし、今こんなに就活に苦しんでるけど、小さい頃は〝神童〟とか言われたんだぜ。笑っちゃうだろ？」

そうつぶやき、テーブルの上にメモ帳を広げた。不思議そうに口をすぼめる新藤を無視して、ページの先頭に「半生」と書き込む。

第一志望・三洋商事の〈あなたはどんな人間ですか？〉にふさわしい答えがあるんじゃないか？　そんなほのかな期待を持って、一雄は訥々《とつとつ》と語り始めた。


高い空と青い海、工業地帯からも隔離された自然あふれる知多半島の南東部に、一雄が生まれ育った町はある。

四つ離れた兄とともに、小さい頃は夏も冬もなく磯遊びに興じていた。自動車の部品工場に勤める父と、近くのスーパーでパート勤めをする母のもと、普通の家庭並みには幸せに生活させてもらったと思う。

そんな穏やかな日常に異変をもたらしたのは、小学校に入学して間もなくして実施された知能テストだ。直後に行われた保護者面談の日、母が興奮気味に帰ってきた。

「一雄、ＩＱすごいんだって！　先生にすごい褒められちゃった。もちろん冗談っぽく言っていたけど、神童レベルですってさ」

家族全員がそろったその晩の食卓で、母は大声で語った。あのときの誇らしい気持ちは、今も鮮明に覚えている。高校中退の父はきっと意味もわからないまま感心し、当時から不登校気味だった兄は興味なさそうにご飯をかきこんでいた。

その気になった母はパートに出る時間を増やし、一雄を塾に通わせた。低学年から塾通いする子どもなど近所にあまりいなかったが、一雄も悪い気はしなかった。一人で電車に乗るのは大人びていて悪くなかったし、塾に行けば今度は先生たちがさかんに褒めてくれた。

レベルの高い他校の児童たちに揉まれる中で、気づいた頃には学校の友人たちが幼く見えるようになっていた。みんなも目に見えて距離を取るようになったが、べつにかまわなかった。自分にはもっと広い世界がある。こんな狭い町にいつまでも留まるわけではないのだから。

その頃に想像した通り、高校は名古屋の有名進学校に通った。はじめは周囲と同じように東大か京大を、それが厳しいようならせめて地元の名古屋大学をと、勉強に励んだが、高二に上がった頃から目に見えて理数系教科の成績が落ち込んでいった。

人生で、少なくとも勉強でははじめて味わう挫折感だった。一カ月近く悩んだ末、一雄は一世一代の選択をする。理数系教科をきっぱりと捨て去り、周囲より早く私立大の文系学部を目指すことに決めたのだ。

私立に的を絞る以上、下手な大学に進むことは絶対に許されなかった。となれば、行くべき学校は限られた。慶應は東京の匂いが強すぎて、肌に合う気がしなかった。上智やICUの校風も自分に合うとは思えない。

となれば、早稲田しかなかった。周りの大人と、学校と、何よりも自分自身を納得させられる唯一の大学は、早稲田だけだった。

文系教科だけなら恐いものはなかった。夏休みが明けてすぐの模試で、合否判定した早稲田の五学部すべてが「A」だった。生活は充実し、さらに勉強にも熱が入る。そんな秋のある日のことだ。たまたま見ていた夕方のニュース番組で、一雄は不思議な光景を目撃した。

詰め襟の黒い制服を着た男が、百人以上の報道陣に囲まれ、激しいフラッシュを浴びている。

どうやら野球の選手らしい。カメラの光を眩しそうに受け流しながら、銀縁のメガネをかけたクールな男は、ハッキリとした口調で言い切った。

「監督さんと相談の上、プロ志望届は出さないことに決めました」

さらに増すフラッシュの数。テロップには〈京浜高校三年・星隼人選手〉とある。同い年の人間と知って、胸が騒いだ。

昨日までは無関係だった男の仕草に、なぜか気が急く思いがした。そして続けた一言に、一雄はギリギリと奥歯を嚙《か》みしめた。

「早稲田大学さんにお世話になるつもりです。前を向いて、人間的に四年間さらに成長させていただいて、もう一つ上のステージを目指したいと思います」

脚光を浴びるべきは俺なのに――。バカみたいだが、最初に浮かんだのはそんな思いだった。なんでお前が？　なぜお前のような野球バカが、俺の大学に来るんだよ！

一雄は怒りに任せてテレビを消した。上位学部は絶対に取りこぼせない。決意をさらに強くし、勉強に打ち込んだ。

法、商、政経と、早稲田で受験する三つの学部はすぐに決まった。問題はすべり止めだった。

引きこもりの兄の近所での評判を気にし、母は「兄弟そろって家にいるなんて外聞が悪すぎる。絶対に浪人はやめて」と執拗《しつよう》だった。むろんこんな狭い町に留まって浪人するなど、一雄のプライドも許さない。

はじめは早稲田の教育学部をすべり止めにしようと考えていた。しかし、それが〝銀縁なんとか〟の進学先であることを知り、選択肢から消した。

ならば明治を……という考えが芽生えたのは、せっかくだから他大学も見てみたいという、ふとした好奇心からだった。

「看板の商学部」などと言われるくらいだから少しは期待していたが、試験は拍子抜けするほど歯ごたえがなかった。もちろん合格を知らせる通知はすぐに届き、あとは一週間後の本命の入試を待つだけだった。

引きこもりのくせに、兄がどこかからインフルエンザをもらってきて、それが父親経由で感染し、生死の淵《ふち》を彷徨《さまよ》うほどの高熱を出したのは、早稲田の受験を二日後に控えた日のことだった。

それでも初日の法学部は死ぬ思いで上京し、机にしがみついて受験した。試験が終わると病院に直行し、点滴を打ったが、二日目の商学部は試験中から記憶をなくし、最終日、本命の政治経済学部の試験ではついに途中で退席した。

生まれてはじめて救急車に乗せられた。地元なら格好の噂の的となるところだ。東京で良かった……と、うすれていく意識の中で考えていたのを覚えている。

思い出すのは、煌々《こうこう》と灯る無機質な蛍光灯だ。一雄が三学部すべての不合格を母親から伝え聞いたのは、病院のベッドの上だった。


担任の言葉も、北島という姓も、明治を選んだ理由の一つであることに間違いはない。でも、あえて一つだけ挙げるとすれば、結局は地元にいられないことだった。引きこもりの兄がいる以上、弟の自分もとはいかなかった。

明治に進んだ積極的な理由は何一つなかった。それでも東京での生活と、大学生という身分に対する期待は少しあった。

しかし、入学してからは絶望の連続だった。「早稲田の受験の日に風邪をひいた」という人間のあまりの多さにうんざりして、〈早明戦〉など、必ず早稲田が主語のマスコミ報道に反吐《へど》が出た。

そのくせ学内で見かける〈明早戦〉という看板には卑屈な思いを駆り立てられるだけだ。早稲田と明治の塾講師の時給の違いを知り、胸を掻《か》きむしられたこともある。

地元で「明大」と言えば、ほぼ百パーセント「名大」の名古屋大学と間違われた。驚くべきことに、実家の近所の人の中には、明治を知らない人も少なくなかった。気にしないふうを装いつつ、「早稲田のライバル校だよ」などと言ってしまっている自分のことが、心の底から憎かった。

高校の担任が言った通り、はじめは仮面浪人し、翌年の早稲田受験を考えた。しかし日々の講義とアルバイト、そして人生ではじめてともいえる圧倒的な自由を前に、勉強は思うようにはかどらない。

これじゃダメだという思いが加速度的に膨らんでいった。そんなある日、一雄は音楽研究会の部室前で赤の油性マーカーを拾った。飛び込んだ便所でマーカーを見つめながら、あれやこれやと考えた。

明治なんかに安住している人間が大嫌いだった。それ以上に批判ばかりで努力を怠る人間が許せなかった。

そう思った次の瞬間、一雄は便所の壁に殴り書きしていた。

〈俺は早稲田に行くべき人間だ！〉

我に返ったとき、大きく肩で息を吐いていた。涙がバカみたいにあふれ出た。


結局、仮面浪人は成就しなかった。そもそも試験さえ受けていない。正月に帰省した際、それとなく受験のことを持ち出すと、酒に酔った父は「いったいいつまでお前らを遊ばせていればいいんだよ」と吐き捨てた。その一言に、心が折れた。「お前ら」の「ら」の部分に、なぜかヘラヘラと笑みがこぼれた。

大学生活では常にうしろを向いていた。思い出すのは高三の頃のことばかりだ。なぜもう一年がんばらなかったのか……。なぜあのとき風邪なんか……。悔やむたびに、必死に抗って前を見ようとした。

実際、まだ一雄には人生を好転させる最後のチャンスが残っていた。就職活動だ。絶対に見返してやる。そう心の中で唱え続けた三年間だった。

大学三年生の秋口、ようやく待望の就職活動が始まった。「もっと遊んでいたいのに」といった周囲の暗い声とは逆に、逸る気持ちを必死に抑えた。

そんなある日、一雄はバイト先の塾の先輩の知り合いに、第一志望、三洋商事勤務の人がいることを聞かされた。どうにか紹介してくれるよう頼み込むと、面倒見のいい先輩は笑顔で快諾してくれた。

「全然かまわないよ。ただ、学生の頃にちょっと有名だった人でさ。プライドは高いし、誤解されやすい人ではあるんだけどね。でも、悪い人ではないと思うよ」

人生初のリクルートスーツに身を包み、一雄は先方に指定された会社近くの青山のカフェに出向いた。しかし、待てど暮らせど男は姿を現さなかった。

約束の時間からきっかり三十分過ぎたのを見計らい、一雄の方から緊張しながら電話をかけた。忙しい中時間をもらっている身だ。極力仕事の邪魔はしたくないと、一回目は三コールほどで電話を切ったが、十分待ってもコールバックはない。

仕方なく今度は留守電に伝言を入れておこうと長めに鳴らした。しかし、電話は一向に案内に切り替わってくれなかった。

十回ほどコールし、もういい加減切らなければと焦り始めたとき、男はようやく電話に出てくれた。しかし『ちょっと打ち合わせ中。もう少し待っててよ』という声はあきらかに苛立ったもので、一雄はすでに相手のペースにのみ込まれていることを自覚した。

それからさらに三十分ほど待って、三十前後の男は姿を見せた。挨拶もそこそこに喫煙席に場所を移すと、カバンから青いパッケージの外国産タバコを取り出す。

神経質そうに吸ったり吐いたりを繰り返しながら、男は一雄の差し出した履歴書を手にも取らずに見下ろした。

そして期待していた第一声は、こんなものだった。

「明治でウチとか結構厳しいと思うけどな。みんな兵隊さんだもん。早稲田の俺だってきついんだからさ」

底意地の悪そうな細い目に、血色の悪い唇。男の顔は、たぶん一生忘れない。思えばこれが、長く孤独な就職活動の始まりだった。

男は延々と指のささくれをいじっていた。注文したアイスコーヒーはとっくに空になっている。口の中がカラカラだ。一雄は息が詰まりそうになり、視線を落とす。

テーブルの上の名刺があらためて目に入った。誇らしげに印字された〈三〉の社章。一年半後の春、なんとしても手に入れたい名刺だ。もちろん〈北島一雄〉という自分の名が記されたものを。

〈三洋商事　第二ビジネスソリューション本部　営業課主任　笹部良太《ささべりようた》〉

それが何をする部署なのか見当もつかなかったが、笹部の放つエリート臭はすさまじかった。

その上質そうなライトグレーの背広を前にすれば、量販店で購入したばかりのリクルートスーツはボロギレのようだった。清潔感のある短い髪の毛をワックスで立て、今ふうの黒縁の大きなメガネをかけている。きっとまだ三十歳くらいだろう。ワイシャツにはシワ一つ見られない。濃いネイビーのネクタイも都会的で、センスの良さにプレッシャーを感じる。

何よりも笹部の無言の圧力、いかにも仕事ができそうな雰囲気は、ジリジリと一雄を威圧し続けた。

「っていうか、なんで？　そもそもなんで君はウチに来たいって思ったんだっけ？」

沈黙の時間をようやく抜け、笹部は面倒くさそうに口を開いた。ひっきりなしにタバコをふかし、視線はあいかわらず自分の指先に向けたままだ。

「はい。私はかねてから大きな世界で働きたいと思っておりまして――」と、用意していた答えを口にしようとしたが、笹部は半笑いでそれを遮る。

「いやいや、何それ？　大きな世界？」

「あの、ですから……」

「どこの会社に入ったところで世界の広さなんて変わらなくない？　入る会社によって世界って大きさを変えるんだっけ？」

「いえ」

「あのさ、そういう通り一遍の答えなんか聞きたくないんだよね。だいたいそれ〝商社に入りたい理由〟であって、べつに〝ウチに入りたい理由〟じゃないよね？」

「あの……。すみません」

「それに僕、たぶん君の思うような派手な仕事なんかしてないよ。毎日顔合わせてるのは大田区の街工場のオジサンたちばっかりだもん。だったら、何？　もうウチに入りたいと思わない？　世界が狭いから？」

「そんなことありません」

「もうさ。そんな本に書いてあるようなことばっかり言うのやめようよ。そんな話を聞くためにこっちだって忙しい時間を割いているわけじゃないんだし、君だってわざわざスーツ着て出向いてきてるわけじゃないんでしょ」

一雄が何も言えないでいると、笹部は「もう、ホントに。勘弁してよ」と、深々と息を漏らした。自分だって数年前は同じように就活をしていたはずなのに。そんな事実などなかったかのように笹部は尊大だ。

「北島くんって言ったっけ？　結局、君は今日ここに何しに来たの？」

数本目のタバコに火をつけ、笹部はほとんどはじめて一雄の顔を見た。メガネ越しの切れ長の目にすべてを見透かされているようで、一雄はとっさに視線を逸らす。

「はい。では他の商社に比べたときに御社が勝っている点について、またこれからの時代において、御社がどのように……」

「そんなの会社のホームページでも調べてみて。他には？」

「はい……。では、どういう学生を御社は求めているのかという……」

「それはもちろん優秀な学生くんなんじゃないの？　べつにウチに限ったことではないと思うけどね。次は？」

「あの、ええと……」

「もうない？　なかったら、僕は仕事に戻るけど。今日はヒマだと思ってたんだけどね。出際にちょっとバタバタしちゃってさ」

　笹部は高級そうな腕時計にちらりと目を向けて、「せっかくだから一つだけアドバイスしておくね」と、独り言のようにつぶやいた。

「やっぱりこれもウチに限らないと思うけど、これからの企業に悠長に新人を育ててる余裕はないと思う。自分がどう成長できるかとか、何をやらせてもらえるかって考えるんじゃなくて、君が何を会社にもたらせるかを先に考えた方がいいと思う」

　そして当然のように伝票を抜き取り、いそいそと立ち上がる。

「正直、今は学生の子たちにとって厳しい時代だと思うけどさ。でも、それに負けてるような子ならいらないというのが会社の本音かな」

　そんな言葉を残して、足早に去っていった。笹部がどれだけスマートで、仕事ができるか知らないけれど、少なくとも一度差し出されたものに手もつけないのはマナー違反なのではないだろうか。テーブルに所在なく置かれた履歴書を見つめながら、一雄は思った。

そこに貼られた写真の自分は、何が楽しいのか、ニコニコと笑っている。会社に媚びるような笑顔にうんざりする。

とりあえず写真を撮り直そう。そう思えただけでも今日出向いた価値はあった。一雄は無理にそう思い込んだ。

笹部ショックを拭うべく、この日を境に一雄はどこか甘かった考えを一掃し、就職活動に取り組んだ。

具体的な活動は、ある民放のアナウンサー試験から始まった。採用活動のスタート時期が他業種より早く、腕試しのつもりで受けただけだったのに、驚いたことにここをトントン拍子に四次面接まで勝ち上がった。残念ながら内定には至らなかったが、これならやれるのではないかという手応えは感じられた。

以来、どんな会社でもエントリーシートや筆記で落とされることはほとんどなく、一次、二次面接も大抵は勝ち抜けた。自信が過信になることもなく、いつも真摯に試験に臨んだ。

しかしアナウンサー試験のときと同じように、必ず最終やその一歩手前の面接で落とされた。節操なく受けた銀行も、商社も、メーカーも、判で押したようにその辺りで蹴られるのだ。

しばらくは理由がわからなかった。春の採用試験も佳境に差しかかり、本命の三洋商事の四次面接を翌日に控えた夜。一雄はなぜ自分が終盤の面接に弱いのかとはじめてこん詰めて考えた。

最初は役員クラスの世代に弱いのではないかと思った。が、どうやらそうではなさそうだ。一次、二次の段階で年輩の社員が出てくることも少なくなく、そういうときは臆することなく臨めている。

次に思い至ったのは、アナウンサー試験での出来事だった。四次として行われたグループディスカッションの控室で、一人のお調子者ふうの学生が他の受験者を巻き込んで楽しげに話していた。

一雄は愛想笑いを浮かべつつも、輪に加わろうとはしなかった。しかし、イヤでも周囲の声は聞こえてくる。

「ところでみんな大学ってどこなの？」

お調子者ふうの学生がズケズケと尋ねた。一雄はタブーなのではないかと思ったが、他に三人いた学生は弱ったような笑みを浮かべるだけだ。その表情は誇らしげにも感じられた。

そして出てきたのは、東大、阪大、一橋と、どういうわけか名だたる国立大学の名前ばかりだった。

「すっげー！　みんな優秀なんだね。俺、一人早稲田とか場違いじゃん！」

お調子者ふうの男は大声を上げた。それを否定するでもなく、三人もケラケラとよく笑う。一雄はいつ話の矛先がこちらに向くかと、気が気でなかった。と同時に、どうしてこうも高学歴ばかり残っているのだろうと不思議に思った。

会社は学歴不問をうたっていて、実際エントリーシートに学校名を記す欄はなかったはずだ。でも、実はどこかで知る術があるのではないだろうか。それとも、やはり優秀な人たちはこうして勝ち残るものなのか。自分が当て馬に使われているような卑屈な思いが芽生え、疑心暗鬼は晴れなかった。

これがきっかけになったかはわからないが、他社でも面接が進むにつれ、周りの学生が気になるようになった。一次、二次ではバカそうに見える学生たちが、三次、四次になると途端に聡明に見えてくる。その雰囲気に、一雄はのみ込まれてしまうのだ。

本命の三洋商事を含め、結局春は一つも内定が出なかった。否応なしに、早稲田落ちが決まった日のことが頭を過る。

俺はいったい誰と、何を戦っているのだろう――――？　大学受験の頃のことや、つらかっただけの大学での日々。鈍痛のように胸の奥にくすぶるのは、不思議と就活とは無関係なことばかりだ。

節操なく面接を受け、むやみに疲弊した反省から、一雄は就職浪人することも覚悟で秋に受験する企業を三つに絞った。

そもそも秋まで門戸を開いている企業はそう多くない。業界最大手の富山建設に、春に四次まで残ったテレビ局、そして数年ぶりに秋採用を復活させた本命、三洋商事の三社だ。あいかわらず業種にポリシーはなかったが、自分を納得させられる会社はこのくらいしか見つからなかった。

テレビ局は早々に筆記で落ちたが、残りの二社は取りこぼすことなく勝ち進んだ。とくに真夏の六本木での会社説明会から始まった富山建設は、苦手な集団面接が一度もなく、一気に最終面接まで駆け上がった。

青山のカフェに笹部を訪ねた日から、一年が過ぎようとしていた。一着しかないスーツはすっかりくたびれ、空は突き抜けそうな秋のものに戻っている。

三十分ほど早く九段の本社に着いたにもかかわらず、控室にはすでに男女一人ずつの学生がいた。『最終は集団。わりと圧迫』という、前日に面接を受けたらしき者によるネットの書き込みは見ていたが、いざその場に臨むと手のひらに汗がにじんだ。

どちらとも目を合わせることなく、ジリジリとした時間が流れた。しばらくすると耐えきれなくなったように、男の方が声を上げた。

「あの、みなさん……。今日はよろしくお願いします」

ゆっくりと顔を上げると、男は無遠慮に一雄の顔を覗き込んできた。釣られるように会釈した一雄に、今度は真っ白な歯を見せつける。気を許したと思われたのか、まるで古くからの友人のように男はペラペラとよくしゃべった。

しばらくすると、もう一人の女も会話に入ってきた。チークでうっすらと染めた頬をさらに紅潮させて「今日はみんなでがんばりましょうね」などと拳を握る。

昨秋と同じ流れなら、富山建設の最終を通過できるのは三分の一程度だ。つまり、この部屋にいる一人しか内定はもらえない。

適当に話を合わせながら、一雄は二人の顔を交互に見た。そして、勝てる、絶対に勝てると、何度も自分に言い聞かせた。どうせ二人とも名のある大学に通っているのだろうが、面接中に尋ねられるわけではない。こんな甘い顔をした連中だ。まるで去年の自分を見ているようではないか。

そして始まった面接で、一雄はその思いをさらに強めた。求められた自己紹介で、左端に座った女子が「——女子大学の」と、学校名を口走ったのだ。

そうなれば、残った者も言わないわけにはいかない。先に真ん中に座る男が二、三度咳払いし、何かを振り払うように口にした。

「多摩商経大学経営工学部、小西《こにし》渉《わたる》と申します。私は学生時代——」

一瞬、自分の耳を疑った。言葉の意味を認識した瞬間、それまでの緊張が嘘のように消えていった。

　この期に及んでまだ大学名など気にしている。そんな自分の情けなさは充分すぎるほど理解していたが、それでもあの多摩商経大が、説明会で暴走したニシジマくんの学校が相手だというのだ。ほくそ笑まずにはいられなかった。

　だからというわけではないだろうが、「明治大学商学部の」と自己紹介した一雄に、めずらしく社員たちの質問は集中した。いつも通り決して面白い話ができるわけではなかったけれど、実直さをアピールするには悪くない出来だった。

　最終面接ではじめて得る手応えだった。このまま終わってくれ……と、何度念じたかわからない。

　その思いが通じたかのように、時間は刻々と過ぎていった。しかし、面接官が「それでは、最後に何かありますか？」とありがちな質問をしたときだ。多摩商経大の男が手を挙げた。

「すいません。まだ自分のことをすべて伝えきれた気がしないので、よろしいでしょうか。このままでは悔いが残ります」

　そう切り出し、面接官が神妙にうなずくのを確認して、男は快活に話し始めた。男が語ったのは、在学中に巡ったというアジアの国々でのことだ。この手のことをＰＲする学生は少なくない。はいはい、インドくんね……と、はじめは安心して聞いていた。だが気づいたときには、部屋にいる全員が話に魅了されていた。一雄もまたしっかりと引き込まれていた。

行ったことのない猥雑《わいざつ》とした街が目の前に浮かぶようだった。ミャンマーの寺院に映える美しい夕陽、ゴアの教会での出会いと別れ、トルコで触れた文化遺産……。そういった様々なエピソードが、自己PRとともに、違和感なく「なぜ私は富山建設で働きたいと願うのか」という熱い思いにも通じてくる。一雄も気づいたときには、千年残る建物を造らなければなどと感じていた。

面接官たちは放心したように男の話に聞き入っていた。女子学生に至っては感極まって洟をすすっている始末だ。

「ハハハ。君、よくしゃべるねぇ。いや、実に元気だ」

すべてを聞き終えたとき、一人の面接官が、呆れたとも、感心したともつかない様子でつぶやいた。男は屈託のない笑みを浮かべ、深くうなずいた。

「私は就職活動にまったく疲れていませんので。無名の大学で、しかも旅ばかりしていて二年も留年している身です。それだけで大抵の企業は書類で落としてくれます。面接まで残してくれたのはこちらでまだ七社目なので」

「へぇ、それで三社も内定もらってるんだ」と、他の面接官が書類を見ながら声を漏らした。

「書類を通してくれた以上、学歴で落とされることはないと信じてますから」

男は言質《げんち》を取ったかのようにニカリと微笑む。そして苦笑する面接官の顔を真剣に見つめ、最後に言った。

「私には失うものはありません。だから取り繕うことなく、ありのままの自分で勝負してこられました。もちろん、今日のこの本命の試験もしかりです。まだまだ人間として未熟ではありますが、ここで働きたいという思いは誰にも負けません。どうぞよろしくお願いいたします！」

「なるほどね。よくわかりました。ええと、他にはありませんか？」

その言葉が自分に向けられていることに、一雄は気づかなかった。いや、たとえ気づいていたとしても、何も言えなかったと思う。完全に足もとをすくわれた。男に他意はないのかもしれないけれど、思い切り腐され、自分という人間を目いっぱい否定された気持ちだった。

一雄は唇を嚙んで天井を見つめた。気を緩めれば、すぐにでも涙がこぼれてきそうだった。

あれから二週間。富山建設の不採用で受けた傷がほとんど癒えぬまま迎えた、十月中旬の月曜日。青山にある三洋商事本社、十四階の控室に、新藤の姿はすでにあった。

一雄の入室に気づいて新藤は小さくうなずいたが、すぐに読んでいたエントリーシートのコピーに視線を戻す。その表情は厳しく、私服のときとは雰囲気が違った。

春と同様、三洋商事の四次面接は社員五人、学生三人の集団で行われる。もしやと思ってかけた先週の電話で、新藤と同じ組であることはわかっていた。

もう一人いるのは、やけに目つきの鋭い男だった。どこかの面接で見た東大生に少し似ている気がして、小さなため息が自然と漏れる。

何よりも一雄を憂鬱にさせたのは、自分たちを呼びに来た若手面接官だった。「どうぞ、お入りください」と扉を開いた男の黒縁メガネに、一雄はたまらず目をむいた。

先に書類を見ていたのだろう。男の方はすでに一雄のことを知っているようだ。「お入りください」と繰り返した笹部良太は、一雄の顔を見ようとしない。一雄は自分の運命があまりに滑稽で、つい笑いそうになる。

その笹部から、役員然とした白髪の年輩社員まで。幅広い年齢層の五人の面接官がずらりと居並び、会議室を圧迫していた。

「それでは、始めましょうか」

中堅クラスの面接官が、上司に伺いを立てるように切り出す。自己ＰＲから始まり、志望動機、学生時代にがんばってきたことなど、どこの企業でも変わらない、ありふれた問答が淡々と続く。

一雄は妙に達観した気持ちで、そうしたやり取りを眺めていた。もちろん、自分に質問が振られれば真剣に答えたが、その答えがまったく面接官の琴線に触れていないことは、場の雰囲気から簡単に読み取れた。

なんの爪痕も残せないまま、時間ばかりが過ぎていく。面接官の一人がエントリーシートを見ながら、退屈そうに尋ねてきた。

「ええと、北島くんは塾の講師を二年間していたとありますね。ここではどういうことをしていたのですか？」

おそらくこれが最後の質問になるのだろう。いつも通りに答えていたら、いつも通り落ちるだけだ。それはもう絶対だ。

とりあえず、同じことをしていてもダメなんだ。そんな思いが、諦めとは少し違うニュアンスを伴って、胸に芽生えた。

「あの、すみません。おそらく質問の答えにはなっていないのですが、ちょっとだけよろしいでしょうか」

質問してきた面接官は不思議そうに首をひねる。自分が何をしたいのかはわからないのに、この面接官の気持ちは妙に理解できた。

思えば、就活のハウツー本にも書いてあったし、笹部もハッキリと言っていた。おいおい、また〝バイトで培った責任感〟かよ。たまには違う話をしてくれよ。自分が面接官ならそう思う。

一雄はゆっくりと語り始めた。

「僕は愛知県の知多半島というところで生まれました。とらふぐの漁獲量が日本一という小さな街で、幼い頃は〝神童〟と呼ばれていたんです——」

奇をてらったつもりはないし、誰かのマネをしたかったわけでもない。ただ、一雄は当然のことのようにこれまでの歩みを語り始める。

気持ちがいいほどスラスラと言葉が口をついて出た。教師に言われるままに進んだ明治のことも、言い訳ばかりで受験さえしなかった仮面浪人のことも、腐ったように過ごしてきた四年間のことも、いまだに早稲田が憎いことも明かした。

話しながら思ったのは、富山建設の最終面接でのことだった。多摩商経大の学生が口にしていた「失うものは何もない」という言葉を、あの日以来、一雄は一日として忘れていない。

自分はいったい何を守っているというのだろう。体裁？　常識？　まさか明治という学歴？　だとしたら、そんなもの全部まとめてクソ食らえだ。やっぱり俺がクソったれだったんだ。

「こんな卑屈な人間を、いつも何かのせいにして生きてきた人間を、たしかに企業が欲しがるわけありません。ここまで内定ゼロなのは必然なんです」

「ええと、ちょっと待ちなさい。たしか君は方京ハウスさんから内定が出てるんだよね？　書類にはそうあるけど」

年輩の面接官が話を遮った。一雄は即座に首を振った。

「すみません。それ、嘘です」

「は？　嘘？」

面接官は素《す》っ頓狂《とんきょう》な声を上げる。となりの新藤の視線を痛いほど感じた。きっとぶっ壊れてしまったと感じているのだろう。

一雄は顔を上げた。今度は覚悟を決めて口を開いた。

「一年も就活してきて、どこからも内定をもらえない学生なんて嫌われると思って書きました。でも、すみません。嘘です。ただでさえ中途半端な人間が、今の今まで中途半端に取り繕ってやってきたんです。内定なんてもらえるはずがありません」

笑いをごまかすような咳払いが聞こえた。他の面接官も「たまに現れますね。こういう学生さん」と苦笑する。

笹部は一人だけ表情を崩さなかった。そして、なぜかケンカを売るような声でつぶやいた。

「でも、案外こういうバカなことを言う若い人間が、長いことウチの会社を支えてきたと思うんですけどね」

笹部はここでも一雄を一瞥もしなかった。一雄もまた笹部を見なかった。それでも笹部の一言で、部屋の空気がガラリと変わったのはたしかだった。

面接官たちがいっせいに一雄に興味を持ちかけた。しかし新藤が、東大生ふうの男がそれを許そうとはしなかった。二人とも一雄への質問の隙を狙い、割り込んできては、つばを飛ばしてしゃべり始める。

一雄と同様、二人は自分という人間を懸命に伝えようとしていた。新藤の言葉の中には「僕も明治という大学が大嫌いで」という言葉があった。東大ふうは半年間に及んだ引きこもりのことをPRし始めた。さすがにそれはどうかと思った。

一番年かさの面接官が「最近の若者ってみんなこう？」と惚《とぼ》けたことを言った。笹部が首をすくめ、「どうなんでしょう。まぁ、みんな追い詰められてるのは間違いないと思いますが」と、やはりよくわからないことを口にする。

最後に何かありますか、という例の質問のときも、一雄は真っ先に手を挙げた。この種の問いに挙手するのもはじめてなら、集まった学生がいっせいに手を挙げる場面を見るのもはじめてだ。

先陣を切ったのを認めてくれたのか、面接官はまず一雄を指名した。取り繕うな。ありのままを言えばいい。それだけがこの瞬間に悔いを残さない、たぶん唯一の方法だ。

一雄は姿勢を正し、はじめて笹部に顔を向けた。

「たとえ今年落とされたとしても、僕は年齢制限が来るまで三洋商事を受け続けようと思います。年齢制限を超えたら他の会社で経験を積みますが、採用されるまで中途採用試験を受け続けます。そんなまどろっこしいことをさせるくらいなら、とっとと雇ってください。今はまだ会社に何ももたらせないかもしれませんが、早く何かをもたらせる人間になりたいんです。三洋商事で鍛えてください」

五人いる面接官のうち、三人が笑った。笑わなかったのは笹部と年かさの社員だ。年輩の方が首をかしげながら尋ねる。

「一つだけわからないな。君はどうしてそこまでウチを目指そうとするの？　ここにある〝環境問題がうんぬん〟っていうのも、どうせ嘘なんだろう？」

「大きな世界で働いていたいからです」

一寸の間も置かず、一雄は答えた。カフェの日のことを覚えているのか、笹部の眉がぴくりと動く。

「大きな世界？」

そう繰り返した年輩社員の目に、こちらを見極めようとする色が浮かんだ。就活を始めてから何度も出会い、ずっと苦手にしてきた種類の目だ。

一瞬、のみ込まれそうになるのを自覚したが、一雄は必死に抗った。過去にばかりとらわれてきた自分自身を振り払おうと、心の中で言い聞かせる。

最後まで諦めるな。躊躇せず突進せよ。勇猛果敢たれ。全速力でプレーせよ。そして……。

もう俺、前向いて死ねっ！

「三洋商事がつぶれたら世界は終わりだと僕は思っています。その重要な使命を持った企業の一員として……、というか、もう人柱としてでもソルジャーとしてでも結構なんです。死ぬ気で働いていたいんです！」

一瞬の静寂のあと、今度は五人の面接官が全員そろって噴き出した。新藤が焦ったように「っていうか、俺もです！」と前のめりになり、東大生ふうの男も「じゃ、じゃあ僕も」とおずおずと言う。

その後、かろうじて保たれていた面接の体は完全に崩れた。白髪の面接官を中心にして、では、どうすれば若い人間が活躍できるのか、どうしたらこの国はもう一度輝けるかという壮大な議論に突入した。

その時間、実に三十分だ。ようやく試験的なものが終了したときには、誰もが顔を上気させていた。

いや、最後にちらりと目を向けた笹部だけは、すぐにクールな表情を取り戻した。茶番劇に付き合わされたといわんばかりに肩を揉みほぐし、つまらなそうな表情を浮かべている。

そして躊躇なく、笹部は目の前の書類に「×」と書き記した。それが誰の書類かまではわからなかったが、たしかに書いた。しばらくボンヤリとその様子を眺めたあと、一雄は笑うのを懸命に我慢して、笹部に深く頭を下げた。


部屋を出ると同時に激しい疲れに襲われた。エレベーターホールの脇にあったソファに腰を下ろす。新宿側に開けた窓に、少しだけ凛々《りり》しく見える自分が映っている。

「ま、落ちただろうな。就職浪人ご苦労さん」

新藤があとから来て、となりに座った。とくに交わす言葉もなく、しばらく二人並んで東京の街を見下ろしていた。気になるものが視界を捉えた。

「だけど神宮って謎だよなぁ。どう考えたって邪魔だろ、これ。どうしてこんな都心の一等地に球場なんてあるんだよ。野球なんか多摩とかでやってりゃいいのにさ」

新藤が一雄の心中を察したようにつぶやく。不意に現実に引き戻されたような気持ちになった。そのとき、背後から「あの、すみません。良かったら、みんなで明治の応援にいきませんか？」という声が聞こえてきた。

新藤と一緒に振り向くと、東大生ふうの男が立っていた。なんで東大生が明治を？という疑問に答えるように、男は照れくさそうに口にする。

「実は僕も明治なんです。〝おまけの文学部〟ですけど」

「月曜なのに野球ってやってるの？　週末だけじゃなくて？」

　新藤が興味深そうに尋ねた。

「この土日が一勝一敗でしたからね。今日が第三戦。ここで勝ち点を取れたら、優勝だって見えてきます」

「相手は？」と尋ねたのは一雄だ。すでに一雄の早稲田コンプレックスを知っている男は、楽しそうに頬を緩める。

「早稲田ですけど？」

「あの銀縁マンっていう人は出るの？」

「ハハハ。銀縁くんのことですね。投げると思います。彼、初戦を落としているので、今日は目の色変えてくるんじゃないですか」

　一雄の言い間違いをやんわりと訂正し、東大生ふうの明治男は、なぜか自分の手柄のように胸を張った。

「今から行けば試合開始に間に合うと思います」

　そう続けた男の声に、新藤と顔を見合わせた。うなずき合ったときには、どちらからともなく立ち上がっていた。

　三洋商事から、神宮は走れば五分ほどの距離だった。一雄は生まれてはじめて野球場に足を踏み入れた。

耳に飛び込んできたブラスバンドの演奏と、肩を組んでの応援歌の大合唱。鳥肌が立った。同じ空の下なのに、外の空気は一変し、球場内には意外にも凛《りん》とした雰囲気が立ちこめている。

「スゲェ。たかが学生の野球にこんなに人って集まるもんなんだ」

内野スタンドをびっしりと埋めつくした観客を見て、一雄はつぶやいた。東大生ふうがやはり誇らしげに応える。

「学生とか、ＯＢとか、ほとんどは大学の関係者でしょうけどね。でも、ほら。今年は特別なんですよ。とくにウチは彼にずっとやられてきましたから」

そのとき、一際《ひときわ》大きな歓声が球場内にこだました。一雄には何が起きたかわからなかった。相手ベンチから飛び出してきた選手がマウンドに駆け上がると、キラリと何かが反射した。

それが銀縁のメガネに反射する太陽なのだとわかったとき、じわじわと笑いがこみ上げた。早稲田で、メガネで、クールが売りの男。笹部と何が違うのか。今日倒すにはもってこいの相手じゃないか。

一雄は空いていたベンチにどっかりと腰を下ろした。両手をメガホンのように口に当て、生涯初のヤジをグラウンドに飛ばす。

せめて野球でくらい早稲田に勝てよな、お前ら——。

審判の右腕が高々と上がった。
どこまでも抜ける青い空に、グラウンドの緑が映えていた。

秋季リーグ戦 星取表

	早大	慶大	立大	明大	法大	東大
早大				●○○	○●○	●○○
慶大			○○	●●		●○●
立大		●●		●●	●●	
明大	○●●	○○	○○			
法大	●○●		○○			○●●
東大	○●●	○●○			●○○	

早稲田・星、ノーヒット・ノーラン達成

1勝1敗のタイで迎えた早明戦の3回戦。負けた方が優勝争いから一歩後退する重要な試合で、早大・星隼人（4年・京浜）が無安打無失点の快挙をなしとげた。試合は一方的な展開になった。早大は初回に一挙6点を先制すると、五回までに毎回の12点を挙げる。投げても星が明大打線を一切寄せつけず、公式戦自身初となる無安打無失点を達成。平日にもかかわらず詰めかけた2万人の観衆の度肝を抜くとともに、今週行われるドラフト会議に花を添えた。【長岡平助】

ノーヒット・ノーランアラカルト

東京六大学野球のリーグ戦では、完全試合を含め26人目となる快挙。リーグ全体では法大・田代弘樹以来7季ぶり、早大では笹部良太が達成して以来、20季ぶりの記録になる。

早大野球部OB・笹部良太氏のコメント

私の現役時代は明治の黄金期であり、いつも屈辱を味わってきた。私自身、ノーヒット・ノーランの記憶より、明治に負けて悔しかったことばかり覚えている。記録だけでは価値がない。星くんにはぜひ優勝を勝ち取ってもらいたい。

①早大2勝1敗

	1	2	3	4	5	6	7	8	9	計
明大	0	0	0	0	0	0	0	0	0	0
早大	6	1	1	3	1	0	0	2	X	14

（早）星ー田中
（明）吉武、長島ー太平
▽本塁打
佐藤、西、今中、星（早）

第4週　セントポールズ・シンデレラ

基本的にはのんびりした性格だったと思う。目立たず、騒がず、小さい頃からニコニコ笑って、周囲の空気を読んだり、悪意に気づいたりすることも苦手な方だった。そうしてのんきに生きていたせいか、小学校時代の鮮明な記憶は多くない。

でも、そのうちの一つは、佐山明子《さやまあきこ》にとって決して忘れ得ないものだ。小学校五年から六年に上がる春休みの直前、仲のいいクラスメートがとなり街の駅ビルに買い物に行こうと企画した。学校でいつも一緒にいた四人組のリーダー格の女の子で、一年生の頃から同じクラスの親友だった。

他の子たちはすぐに彼女の計画に賛同した。もちろん明子も誘われたが、春休みは家族で旅行する予定があったので断った。

「うん。わかった。じゃあ、明子にはお土産買ってきてあげるね」

そう屈託なく笑っていた親友は、だけどたった二週間ほどの春休みが明けて、六年生になると別人のようになっていた。

べつにイジメにあったり、ムシされたりしたわけではない。ひょっとすると彼女たちにその意思はなく、他のクラスメートには気づかれない程度のものだったのかもしれない。でも、明子はその変化をめずらしく感じ取った。

三人と自分との間には、目に見えない線が引かれていた。会話はいつも春休み中の大冒険のことが中心で、知らない単語ばかり飛び交っていた。友人たちは明子を気にせず話し続け、たまに気を遣ってもらったらもらったで、なんとも言えない居心地の悪さを覚えた。

次第に見えない線の正体がわかってもきた。当時は言葉にするのが難しかったが、それは〝思い出の共有〟といったものだ。

だからといって失った何かを取り戻そうとは思わなかった。線が引かれたのなら、黙って身を引けばいい。修学旅行でも、最後の遠足でも、卒業式で驚くほどみんなが涙を流しているときでも、明子は一人輪の外に立って友人たちを眺めていた。

小学校時代の記憶は、あの春休みを境にきれいに分断されている。純粋に楽しいだけだった五年生までのものと、ボンヤリとしたうしろめたさに苛《さいな》まれていた六年生の頃のものだ。

あの春休み、明子はみんなと歩調を合わせることがどれほど大切なのかを知ったのだ。

小学校の友人たちと離れ、中学校は私立の女子校に進学した。都内ではお嬢様学校として知られる女子大付属の一貫校だった。

入学後しばらくして、明子はここでも仲の良い四人組を作った。世田谷、目黒、品川の、それぞれ一等地の一軒家から渋谷にある学校に通ってくる子たちの中で、横浜の、それも潮の香りのしない山側のマンションから通う自分は浮いているようにも思えたけれど、みんな気取らず接してくれた。

明子はこの友人たちのことが大好きだった。それぞれが家族から大きな愛を受けていて、だからこそ周囲に優しくできる子ばかりだった。

彼女たちは物事を自分で判断し、周りの目など気にしなかった。たとえば、長期の休みを経るたびにギャルっぽくなり、存在感を増していくクラスの中心グループの子とも適度な距離を保ち、見下しもしなければ、迎合もしなかった。そのくせさらりと着こなすものは、中心グループの子たちよりも断然センスがいい。普段はどこか気怠そうにしているくせに、いざというときは頼りになって、明子にはいつでも輝いて見えていた。

そんな彼女たちのおかげで、明子はことさら周囲の目を気にせずに済んだ。教室の中で自然に振る舞うことができたのは、親友と信じる三人にさえ失望されなければ、他の子にどう見られてもかまわないと思ったからだ。

友だちに恵まれた、というようなつまらない一言で片付けたくない。明子にとってはあの三人こそが自分という人間の基準であり、すべてだった。

三人は明子に多くの価値観を植え付けてくれた。高校二年の夏休みにイギリスを旅行したのも、教会が主催するボランティア活動に参加したのも、ＯＧのもとを訪ねて将来のことを相談したのも、すべて彼女たちのアイディアだ。自分一人では出てこない発想だったし、実際、目の前に広がったのは手に余るほどの大きな世界だった。

だから、もし三人が「付属の女子大に上がる」と言っていたら、明子も当然のこととしてそうしていたに違いない。

でも、三人はそうではなかった。「付属の大学なんてありえない」とこともなげに言い放って、二年生の夏休み前から受験勉強を始めた。

明子も自然な流れで予備校に通うようになった。もちろん、私立に通わせてもらいながらの予備校通いだ。グループの中で一人だけ父親が普通のサラリーマンである明子の家にとって、決して当然のことだったとは思っていない。だけど、母は涼しい顔で後押ししてくれた。

「アキちゃんが決めたことなら、お父さんも、お母さんも応援する。お金のことなんてあなたは心配しないの。自分が信じることなら、一生懸命がんばりなさい。あなたなら大丈夫だから」

思えば、母は昔からそうだった。怒られた記憶はほとんどない。明子の考えを頭から否定せず、黙って話に耳を傾け、いつでも背中を押してくれた。

そしてもう一つ、母にはある口グセがあった。それは明子の人格を作る上で、とても重要な意味を持つ言葉だった。

「アキちゃんはカワイイ子なんだから」

もちろん親の欲目であることはわかっていた。父によく似た奥二重の目は細く、鼻は低くて、ボテッとした輪郭もとてもではないが垢抜《あかぬ》けているとは言い難い。それでも過度に自分を否定することなく、その時々の精いっぱいのオシャレや化粧に気を遣ってこられたのは、母の言葉のおかげだった。

受験勉強は人生で一番というほどがんばった。行動力も、考え方も、容姿も、性格も、何一つとして敵《かな》わないと思っていた友人たちに、はじめて勝ったと思えたことだったかもしれない。

立教、青学、明治学院と、受験した三つのミッション系の大学すべてから合格通知が届いたとき、母は特別喜びを表さなかった。当然とばかりにうなずき、「あと四年、思う存分楽しみなさい」と言ってくれた。

三人の友人も同じだった。

「当たり前でしょ？　あんなにがんばって落ちたら引くって」

久しぶりに四人全員がそろった卒業式の日、一人がそういたずらっぽく微笑んだかと思うと、みんなの目がいっせいに明子に向けられた。

「ありがとう。六年間、楽しかったよね。大学に行ってもまたみんなで遊ぼうね」

この六年間の、ほとんどの思い出を共有してきた友人たちだ。彼女たちを信じてきて本当に良かった。明子は心からそう思った。


高校時代に旅したイギリスの雰囲気と、セントポール大聖堂への憧れから、合格した三つの大学から迷わず立教を選んだ。

母は「仕送りくらいできるから。アパートを借りたいならそうしなさい」と言ってくれたが、大学に入ってまで親に甘えるわけにいかなかった。それに一人暮らしはさびしすぎる。そもそも期待していたキャンパスライフのスタートは、孤独との闘いだった。

最初に面食らったのは「私たち親友だよね？」と、今にも口に出しそうな同じ学科の人たちの爛々《らんらん》とした目の輝きだった。そしてディズニーランドだ、みなとみらいだと常に口にしている人たちの異様なテンションの高さ。そんなことを感じてしまう自分の性格の悪さを思いながらも、簡単に馴染むことはできなかった。

しばらくはみんなに近づきたくても近づけない、もどかしい日が続いた。明子にようやく友だちと呼べる人間ができたのは、祭りのような春先の喧噪《けんそう》を抜けて、入学してから一カ月ほどが過ぎた頃だった。

一人は同じ文学部に通うエミ。雑誌の読者モデルをしているという派手な子で、歌手デビューを目指してレッスン中なのだという。

一般教養の授業でとなりの席になり、向こうから声をかけてくれた。明子がサークルに入っていないと言えば、彼女の所属するインカレ系サークルのたまり場に連れていってくれて、バイトを探していると話せば、出入りしている出版社のアルバイトを紹介してくれた。決して口数は多くないが、何かと面倒見のいい子だった。

もう一人は、エミとは反対におしゃべり好きの加奈だ。入学早々に広告研究会に所属し、電通に入るのが目下の夢。二言目には「人脈、人脈」と公言している。いつも無防備な笑顔を見せ、その胸は誰よりもふくよかで、そこにつけ込む男は多いらしい。

「ああ、また変な男に絡まれた」

そう言って加奈がうなだれている姿を見ると、明子は絶句しつつも笑ってしまった。エミの方は「そうやって女を安売りするヤツ、大嫌い」と容赦がない。加奈はそのたびに「見捨てないでぇ」と、本気とも、冗談ともつかない口調でエミの腕にすがろうとした。

二人とも将来の夢に向けて毎日活動的で、素直に応援できた。学校ではいつも二人と一緒にいたし、時間が合えば食事にも出かけた。一緒にいて疲れなかったし、結果的に二人が女子校出身であることもしっくり来た。

バイト中心の毎日の中で、ごくたまにサークルの活動に顔を出す。そんなリズムで少しずつ生活が回り始めた夏のはじめ、明子は加奈に学食に呼び出された。大騒ぎする他の学生をちらりと見やって、加奈が弱ったような顔で尋ねてきた。

「ねぇ、アキちゃん。今度の金曜の夜ってヒマ？」

バイトは休みで、とくに予定も入っていなかった。ヒマでないことはなかったが、加奈の態度が少し変で、すぐには答えられなかった。

「実はちょっと飲み会的なものがあるんだよね。合コンってほどのものじゃないんだけど。アキちゃんがそういうの嫌いっていうのも知ってるんだけど、良かったら一緒に来てくれないかなって」

明子は首をかしげた。加奈が飲み会好きなことは知っているし、いつも一緒に行く友だちがいることも聞いている。そして明子がそういう場を苦手としていることを加奈は知っているわけで、わざわざ誘ってくるのは不自然だ。

理由を尋ねた明子に、加奈は言いづらそうに説明した。イベント会社に勤める相手の幹事とは顔見知りで、すでに何度か飲み会を開いていること。その男が加奈の連れていく女の子たちに不満で、たまには違う子を連れて来いと煽られていること。自分が誇れる友人は明子とエミしかいないということ。だから、こうして恥をしのんで頭を下げているということ……。

なんて失礼な男なんだと、聞いているうちにむかっ腹が立った。そんな明子の気を知ってか、加奈は逃げるように視線を逸らした。

「その人、今回はよりによって代理店の人たちを連れてくるっていうんだ。だからっていうわけじゃないんだけど……。っていうか、だからってわけなんだけど、私、どうしても行きたくて。こうやってお願いしているわけでして」

加奈の弱みにつけ込むような男のやり口は気に食わないし、それに尻尾を振る加奈のこともどうかと思う。そもそも相手のリクエストに自分が適《かな》っていると思わないし、そんな連中に値踏みされるなど絶対にごめんだ。

それでも、簡単に断ることもできなかった。「私、ホントに行きたいんです」と懇願する友人を無下にはできない。

加奈は今にも泣きそうな顔を見せていた。そこへ派手なヒールの音を立てて、もう一人がやって来た。どういうわけか、エミは髪の毛をまばゆい金色に染めている。

「ああ、ホンットにムカつく！」

開口一番声を荒らげ、エミは品なくテーブルの上に腰を下ろした。

「どうしたの？」

怯《ひる》みながらも尋ねた明子に、エミは面倒くさそうに説明した。付き合って三カ月になる男の浮気が発覚し、その場で引っぱたいて別れるまでは良かった。けれどまったく気が鎮まらなくて、七時間かけて美容院で髪を染め上げた。その出来に自分は満足しているが、所属する事務所の人間に咎《とが》められて、しまいには大ゲンカになった。ああ、むしゃくしゃが止まらない。男なんてみんなまとめて死んでしまえ――。

エミはそういったことを一息でまくし立てたあと、「で、加奈。なんの話？」と、唐突に話題を変えた。

あまりにもタイミングが悪すぎる。弱々しく首を振る加奈を見て、仕方なく明子が代わりに答えた。

「いや、なんか今度の金曜に飲み会があるらしくてね」

「うん。行くよ」

エミが簡単に前言を翻すのはいつものことだ。

「このイライラは男で解消するしかないでしょ。明子も行くんだよね？　彼氏、別れたんだからもういいでしょ」

エミの言うとおり、高校時代から付き合ってきた彼氏とは数週間前に別れた。浪人生活を送る彼は、先に大学生になった明子が気になって仕方がないらしく、サークルの飲み会はダメ、バイトは週三回までと、何かと口出しするようになってしまった。その束縛に耐えきれなくなって、散々揉めた末に別れたのだ。

ふと加奈に目を向けた。いつにも増して鼻息が荒い。その様子に思わず笑ってしまったことが、どうやら肯定と受け止められたようだ。

飲み会に現れた男たちは、思っていたほど無礼ではなく、むしろ紳士的だった。というよりも、みんなエミを恐れていたのだろう。

170センチ近い長身に、身体のラインがハッキリわかるビビッドカラーの服を着て、攻撃的な香水の匂いを振りまき、トリートメントで強引にさらさらに仕上げた金髪をなびかせる。

「なんだよ、お前ら。もっとグイグイ来いよ」

酔ったエミの高笑いを前に、遊び慣れているはずの男たちは距離を取りあぐねていた。それを見ているのがおかしくて、気づけば明子も笑っていた。

以来、月に一度くらいのペースで飲み会は開催されるようになった。そのすべてに参加したわけではないけれど、エミか加奈のどちらかが幹事を務めるときは、数合わせで参加した。

楽しい夜もあったし、そうでないことも少なくなかった。名の知れたIT企業の経営者や、雑誌で見たことのあるモデルの人との会もあった。その中には明子のことを気に入ってくれる人もいたが、そこで出会った誰かと付き合うというイメージは乏しく、むしろ誰にも縛られず参加できるという状況の方が、明子には心地良かった。

いつもと違った態度で加奈から飲み会に誘われたのは、二年生の夏休み前だった。

「なんかね、よくわからないんだけど、エミちゃんは呼ばずに、逆にアキちゃんは呼べって言われたの。会わせたい人がいるって」

聞けば、最初の飲み会を開いたイベント会社の人からの誘いだという。一人は呼んで、一人は呼ぶなというあいかわらずの不遜な言い草にカチンときたが、「ね。お願い」と手を合わせる加奈に、明子は押し切られるようにうなずいた。広研で鍛えられた成果だろうか。この一年で、加奈はすっかり図太くなった。

指定された西麻布のふぐ料理屋の個室は、間接照明が灯るだけの、大人びた雰囲気だった。一年前の自分ならこれだけで充分に気後れし、帰りたくなったに違いない。

加奈以外の二人の女の子は、はじめて会う人たちだった。二人ともキレイな子で、そろって男ウケしそうな淡いピンクの服を着ている。いつも通りのジーンズにモスグリーンのチュニックを羽織っただけの自分が場違いに思えた。

十分ほどして、見覚えのあるイベント会社の男が入ってきた。いかにも広告業界といった人たちで脇を固めた一年前とは違い、彼に続いて入室したのは明子と同年代くらいの男の子たちだ。

みんな小ぎれいな格好をしていたし、スタイルも良く、顔立ちも今ふうで悪くなかった。ただ、まだ学生らしき人たちとイベント会社の人との関係性が今一つわからない。

最後に入ってきたのは、銀縁のメガネをかけた男の子だ。すぐに目が合って、互いに小さく会釈し合ったとき、部屋の空気が敏感に変わった。

イベント会社の男が一人ずつ順に紹介していった。全員一つ年上の大学三年生、早稲田の野球部の子だという。

へぇ、そうなんだ……という程度で、明子はそれ以上のことを感じなかった。最後に銀縁メガネの子の肩に手を置いて、イベント会社の男はなぜか自慢げに口を開いた。

「彼のことは、もちろんみんな知ってるよね？」

いえいえ、まったく知りませんと、明子はつい口を挟みたくなった。メガネの男の子は面倒くさそうに男の手を払うと、熱のない目で女性陣を見渡した。

「星隼人といいます。はじめまして」

はじめまして、の部分がやけに強調されたような気がした。他の子たちはそんなことには関心がないようで、いよいよ歓声を上げる。〝黄色い声〟というものを生まれてはじめて耳にする気分だった。

明子は観察するように男の顔を見つめた。歓声を上げるほどかは定かでないが、たしかにキレイな顔をした男の子だ。身長も180センチ以上ありそうで、洋服越しにもしなやかな筋肉が見て取れる。

しかし、それ以上に明子の関心を惹《ひ》いたのは、まるで誰にも心を開いていないというような冷たい目だった。

　ほんの数秒、視線が重なり合った。レンズの向こうに引き込まれそうになる。なんかさびしそうな人……というのが、隼人に対する明子の第一印象だった。


　女の子たちは隙あらば話しかけようとしていたが、隼人は終始つまらなそうに視線を落とし、ちびちびとビールを舐めていた。

「ごめんね！　こいつ、悪気があってやってるわけじゃないんだ。これって、星なりの危機管理意識でさ」

　自らを「にぎやかし」と称する男の子が、しきりに隼人をフォローした。なのにその都度、隼人は冷めた視線を仲間に向け、俺にかまうなとばかりにまたうつむく。結局、飲み会は早々に幕を閉じた。隼人が帰ると言ってきかなかったからだ。

「いいよ、お前らはまだ飲んでいけよ」

　隼人はそんな言葉も口にしたが、他の子たちにその考えはないようだ。べつに悪い気はしなかったし、失礼とも感じなかった。

　ただ、よほどつまらなかったんだろうなと思っていた。それだけに、帰り際、隼人からこっそり名前と連絡先が書かれたメモを渡されたのは意外だった。

「良かったらメールして。電話は、たぶんそんなに出られないと思う」

一度も目を合わさずに言った隼人をボンヤリと見上げ、明子は無意識のまま「ありがとう」と答えていた。

帰りの田園都市線の中で、明子は何度となくメモを見返した。定規で線を引いたような〝星隼人〟という文字を眺めているだけで、胸が温かくなる。小学校のとき、好きな男の子の名前をノートに書いて、すぐに消したことを思い出した。

家に帰って、風呂に入り、化粧水を肌になじませながら、明子はノートパソコンを立ち上げた。ふと隼人の名前を検索してみたくなった。

みんなの態度や会話の内容から、彼が名前の知られた野球選手であることは想像がついた。けれど、表示された検索結果はその想像を優に超えていた。

彼が明子の地元にほど近い京浜高校の出身で、夏の甲子園で優勝したこと。銀縁メガネは当時からのトレードマークで、「銀縁くん」というニックネームが流行語大賞にノミネートされたこと。望めばプロにも行けたのに、あえて早稲田に進学したこと。六大学野球の舞台でも活躍して、来年のドラフト会議の目玉であるということ……。どうしてだろう、明子は何一つ知らなかった。

たしかに女子校育ちで、野球にはまったく興味がなかった。いつもナイターを見ている父にテレビを占拠され、物心ついたときから母と一緒に目のカタキにしていたくらいだ。

大学に入学してからも、何度かサークルの子に神宮に行かないかと誘われたが、すべて断った。とくに愛校心が強いわけでもなく、友だちが出ているわけでもない。どうして日焼けを気にしてまで野球なんて観なければいけないのかと思っていた。

でも、彼は甲子園で優勝して、社会現象にまでなったという人だ。いくら野球に疎いとはいえ、その情報が入ってこないことなどありうるだろうか。

隼人が世の中に知られたのは、高校三年の夏の甲子園だという。ということは、明子が二年生の夏休みのことだ。そう考えてはじめて、明子は自分がちょうどイギリスに行っていた時期だと思い至った。

ネットの記事を読めば読むほど、隼人のすごさは伝わってきた。一方で、なぜ彼が自分になど興味を示してくれたのか、明子は漠然と理解した。

きっとめずらしかったのだ。彼を一人の男性として見る人間が、「銀縁くん」というフィルターを通さずに見る人間がめずらしかった。「はじめまして」の部分を強調した彼の気持ちが、今ならなんとなくわかる。

試しに〝星明子〟と検索窓に打ち込んでみた。よく知らないけれど〝巨人の星〟という結果が無数に表示された。不思議と悪い気はしなかった。

少し悩んだあと、明子は思ったままをメールした。

『今日はありがとうございました。星さんってすごい人だったんですね。わたし全然知らなくて、失礼なこと言ってたらごめんなさい。今日は楽しかったです』

絵文字はあえて少なくした。彼が嫌いそうだと思ったからだ。自分で打った「星さん」という文字が照れくさい。メールを打つだけでドキドキするなんて、いつ以来のことだろう。

ベッドに潜ってもなかなか気持ちが鎮まらなくて、仕方なくまだ両親が起きているリビングへ向かった。

ちょうど父がスポーツニュースを見ているところだった。心が妙に浮わついていたのと、いたずら心から、明子はそれとなく尋ねてみた。

「ねぇ、お父さん。星隼人っていう人知ってる？」

「ん？　銀縁くんのことだろ？　早稲田の。知ってるに決まってるよ。来年、ぜひタイガースに入ってほしいんだよなぁ」

「もしもだよ。もしまかり間違って、わたしがその銀縁くんと結婚なんかしたらどんな気分？」

その夢物語のような質問に答えたのは、それまでまったく関心がなさそうに文庫本を開いていた母だった。

「絶対にイヤよ。そんな派手な世界の人と結婚なんてしなくていい。大変な思いをするに決まってるんだから」

その言い方があまりにきつくて、思わず父と顔を見合わせた。父は首をすくめ、「俺は嬉しいけどな。一度キャッチボールをしてみたい」と、冗談ぽく口にした。

明子は笑ったが、母は表情を崩さなかった。「バカみたいなこと言わないで。私は絶対に許しませんよ」という言葉を残し、本当に怒ったように寝室へ消えていった。

明子が誰かに対して隼人のことを口にしたのは、あとにも先にもこのときだけだ。翌朝、『だろうと思った（笑）』というメールをもらったのを皮切りに、隼人との関係はトントン拍子に進んでいった。

一日一往復程度のメール、週に一度の電話、そして月に一度の、まるでアイドルのような人目を忍んでの夜のデート。時間も回数も少なかったが、二人の仲は駆け足で深まっていった。

そして出会って三カ月が過ぎ、秋のリーグ戦が始まる直前のことだった。

「俺みたいなのと付き合うのって、やっぱり面倒くさかったりする？」

隼人からそんな告白めいたことを言われたとき、明子はいつか彼のチームメイトが口にしていた「危機管理意識」という言葉を思い出し、つい笑ってしまった。

「ひょっとするといつか面倒なことになるのかもしれないけど、今はまだそれを上回るくらい一緒にいたいという思いが強いかも」

お返しとばかりに、わざとまどろっこしく返事をした。ゆっくりと首をひねる隼人がかわいく見えて、反面、いつか必ず来るはずの面倒に対して、覚悟が芽生えた。

付き合い始めたからといって、何かが変わるというわけではなかった。隼人は明子の存在を当然誰にも明かさなかったし、それどころかひた隠しにしているようだった。神宮に行くこともほとんどなかった。たとえ行ったとしても、一人きりで、対戦校側のスタンドにこっそり紛れ、見ていたことを隼人には黙っていた。

隼人は自分のテリトリーに誰かが入ってくることを極端に嫌った。明子が野球のことを口にするだけで、捨てられるのではないかと思うほどイヤな顔をされた。

つかず、離れず。明子が思い描くような男女の関係とはかけ離れていて、ならば、どうして付き合っているのだろうという思いは心のどこかに常にあった。隼人を特集した雑誌の記事や、番組を見る機会は日に日に増え、彼の苦悩やスランプをメディアによって知らされることも少なくなかった。

そのたびに明子は自分の無力を痛感した。何もできず、何も言えない自分のことが歯痒くて仕方がないのだ。幸せであることは間違いないのに、いつもそこには不安が同居していた。

付き合い始めて半年が過ぎ、隼人が四年生、明子が三年生に上がった四月。いよいよラストイヤーの春のリーグ戦を間近に控え、隼人は苛立ちを隠さなくなった。明子もまた不安を募らせていく中で、久しぶりに加奈に誘われ、大学近くのコーヒーショップでお茶を飲んだ。

隼人と出会ったあの日以来、飲み会の誘いはすべて断っている。しばらくはしつこかった加奈も、気づいたときにはその手のことを口にしなくなっていた。こうして向かい合うのも久しぶりだ。

加奈は不意に切り出した。

「あのね、私、広研の幹部になったよ」

ずっとそれを目指していたことを知る明子は、「おめでとう」と素直に喜んだ。しかし、加奈の表情は冴えない。それから大学のことや、就職活動のことなど、煮え切らない口調で話題は行ったり来たりを繰り返す。

しばらくは真剣に耳を傾けていたが、加奈の話は一向に要領を得なかった。バイトの時間が差し迫り、明子が少しソワソワし始めた頃、加奈は覚悟を決めたように視線を上げた。

その顔を見て、明子はイヤな予感しか抱けなかった。頼み事をされるときに決まって見せる表情だ。私を立てるつもりで……、悪いようにはしないから……。いつか以上に押しの強い話し方。最初の飲み会に誘われた日のことが胸をかすめる。

加奈はついに用件を口にした。

「お願い。アキちゃんにも出てほしいんだ、ミスコン」

明子が息をのむ間もなく、加奈は堰《せき》を切ったように話し始める。

「ほら、もうすぐ学祭でしょ？　ミスコンって広研が主催でさ。私たちが盛り上げなくちゃならなくて。アキちゃんにはとくに何をしてもらうってわけじゃないの。まず簡単なアンケートとエントリーシートを適当に書いてもらって、書類選考。それが通ったら面接があるけど、その辺りまではホントに適当にやってもらって大丈夫だから。問題はファイナルの六人に絞られたあとなんだよね。雑誌に出てもらったり、ブログを書いてもらったり、イベントに参加してもらったりとかちょっと面倒なこともあるんだけど、まぁ、それはこっちの方で全部フォローさせてもらうし、アキちゃんは適当にやってもらって全然かまわなくて――」

これまで何人の女の子をこうやって口説いてきたのだろう。加奈の目はキョロキョロとよく動く。何度も「適当に」という単語を使っていることに、たぶん彼女は気づいていない。

「いや。でも、ムリ。ミスコンなんて。ムリだよ」

そう答えながらも、明子は驚いていた。加奈の誘いに対してではない。思ってもみない誘いを受け、かすかにでも揺れ動いた胸の内にだ。

真っ先に脳裏を過ったのは、なぜか隼人のことだった。明子のことなどまるでないもののように扱う人だ。恋人がそんなふうに目立つことを、彼が喜ぶはずはない。加奈の申し出を受け入れるなんてありえない。

そんなことを思っている自分自身が、明子はひどく不気味だった。ならば自分は、隼人がいなければ喜んで加奈の話を引き受けるというのだろうか？　自分は何に対して嘘をつこうとしているのだろう。何を言い訳しているのだろう。

一瞬のうちにいろいろなことを思ったが、明子は懸命に首を横に振った。最後はしらじらとした隼人の眼差しがすべての考えを消し去った。

「ううん、ごめん。やっぱりダメだよ。絶対にムリ」

「なんでそう思うの？」

加奈は一度ソファの背もたれに寄りかかり、アイスコーヒーを一口含んだ。そして再び身を乗り出して、はじめて目もとに笑みを浮かべた。

「だって、バイトも忙しいし、これから就活だって始まるし」

「あ、それだったら問題ないよ。時間はこっちがいくらでも合わせるから。もちろんバイトを優先させてもらってかまわないし、他の予定が入りそうなら前もって言ってもらえれば大丈夫。他には何かある？」

「他にはって。だから、就活……」

「ああ、ごめん。そうだよね。でも、それも問題ないと思うけどなぁ。ファイナルの六人まで残ったら人脈だって一気に広がるし、名前も売れるよ。アキちゃんが望むならアナウンサーにだって」

「いやいや、ムリだから。アナウンサーなんてありえない」

今度は明子が加奈の話を遮った。自分でも驚くくらい大きな声で。アナウンサーなんてありえない。そう頭の中で繰り返し、明子は小さく頭を下げる。

「ホントにごめん。わたしなんか絶対にムリだし、そもそもアナウンサーになりたいなんて思ったこともないから。やっぱりないよ。ミスコンの話は受けられない」

これで最後だと心で念じて、これまでにない強い口調で言い切った。それなのに加奈はいぶかるように首をかしげた。

その不思議そうな表情を見て、明子は少し憂鬱になった。加奈は誤解している。女子ならみんな派手な世界に憧れているものと信じきっている。そうでない人はごまんといるし、たとえ憧れたとしても、ふさわしくない人間がほとんどなのに。

「ねぇ、アキちゃん。お願い。私もまだ幹部になったばかりで、どうしてもアキちゃんを引っ張らないといけないの。とにかくエントリーしてもらうだけでかまわない。お願い。私のために。私を助けると思って」

「だから――」

「お願い。この通り！」

「ちょっと、もうやめてよ」

大げさに手を合わせる加奈を、となりのテーブルの子たちが笑って見ていた。そこまでする友人の頼みを拒絶するのは心が痛む。そんな言い訳を自分にしていることに、明子はしっかりと気づいていた。

「ね、とにかくお願い。すぐに答えを出さなくていいから、ギリギリまで考えてみて。そんなに難しく考えなくて平気だよ。見聞を広げるくらいの適当な気持ちでいいんだから」

最後に「適当に」を念押しして、加奈は席を立った。明子は自分の手のひらを見つめていた。

指がかすかに震えている。自分が何者かになれるチャンス……？　星隼人の彼女としてふさわしい女……。彼が求めるもの……。自分が望むこと……。

一人取り残されたテーブルで、明子は延々とそんなことを思っていた。


その日から一カ月、大学にいるときも、バイト中も、加奈からひっきりなしにメールが届いた。その内容はまちまちで、ストレートにコンテストへの参加を促してくるものもあれば、『お腹減ってない？』とアメをちらつかせてくるものもある。

加奈は呆れるほどしつこかった。それでも特別イヤな思いをしないで済んだのは、加奈がことあるごとに「私のために」と口にしていたからだ。

以前、大学の空き教室で、明子は他の広研の女性メンバーが、一年生をスカウトしている場面を見たことがある。

その女は「あなたのために」という言葉をやけに強調していた。「必ず将来のプラスになるから」「絶対に新しい世界が広がるから」と、言っていることはそう変わりないかもしれないけれど、加奈からはそうした恩着せがましさは感じられない。

「ねぇ、頼むよ。アキちゃん。アキちゃんが出てくれたら私の株が上がるんだ。そしたらOBからの評価も上がるでしょ？　そしたら、ほら、夢の電通がまた一歩近づくというわけで。私のために、何とぞ」

もちろん、だからといって安請け合いはできなかった。五月下旬の応募締め切りの日が近づくにつれ、焦りの色を濃くしていく加奈に申し訳ないと思いつつ、明子には「あまりムリしないで」と言うことしかできなかった。「だったら出てよ」と恨みがましい友人の頼みを、もっともだと思いながら聞き流していた。

そんな明子の心に変化があったのは、五月最後の日曜日だった。前日に先発した早慶戦の一戦目に続き、二戦目にもリリーフとして登板した隼人は、慶應打線をまったく寄せ付けず、六イニングをシャットアウト。早稲田が二連勝し、優勝を決めた。

どうせ観にいってもヤキモキするだけだと思い、明子は高校時代の友人たちと遊ぶ約束を入れていた。なのに試合の経過が気になってそれどころではなく、期待していた隼人からの報告メールも一向に来なくて、ジリジリとした気持ちは募る一方だった。

結局、明子は携帯のニュースサイトで結果を知った。ようやく隼人の声を聞くことができたのはその日の夜だ。それも電話をもらったわけではない。父が見ていたスポーツニュースで流れたインタビューだった。

『今季はずっと不調だったのですが、なんとか最終戦に合わせることができました。この優勝はチームメイトのみんな、監督、そしてこれまで自分を支えてきてくれた家族のおかげだと思っています』

当然ながら、そこに明子の名前は含まれていない。メガネ越しの鋭い目が、いつにも増して冷たく見える。

インタビュアーの質問に答える形で、隼人は続けた。その言葉は明子の胸をえぐるのに充分すぎて、ぐっと涙がこみ上げた。

『はい。その件もこれから監督や、家族と相談しなければなりませんが、プロに進めたらいいと思っています。希望する球団はとくにありません』

そんな大事なことさえ、明子は聞かされていなかった。わたしっていったい彼の何なのだろう？　そんなあやふやで、卑屈な思いが、大きな波となって押し寄せた。

その晩、野球部の合宿所で祝勝会が行われていることを知りながらも、明子は携帯を手放すことができなかった。

ようやく着信音が鳴ったのは、二十二時を少し回った頃だ。なんとなくそんな気はしていたが、隼人ではなく、加奈からだった。

ミスコンの応募締め切りが翌日に迫っていた。その最後のお願いなのだろう。煩わしく思いながらも、明子は通話ボタンをプッシュする。いっそ誰かと話をしていた方が気が紛れそうだと思った。

『ごめんね。どうしても最後に直接話したくて』

驚いたことに、加奈はすでに車で明子の家に向かっているという。しかも道に迷い、もう二時間も途方に暮れているのだと、今にも泣き出しそうな声で告げてくる。

「ちょっと待ってよ。どこにいるの？」

強い調子で尋ねた明子に、加奈は思いがけない場所を口にした。

『なんか灯《あか》りに釣られて来たんだけど。京浜高校のグラウンドにいるみたい。野球部の子たち、まだ練習してる。どうしよう』

隼人の母校、京浜高校から明子の家までは、車で十分ほどの距離だ。いくらなんでも非常識な時間だし、偏執的ともいえるしつこさにうんざりした。

「ひどいよ、加奈」

そう吐き捨てるように言いながらも、でも、違うと、明子は思った。胸がしっかりと高鳴っている。それは、はじめて加奈からミスコンのことを告げられた日の感情によく似ていた。

「ちょっとそこで待ってて。わたしが行く」

あわてて駆けつけてみると、グラウンドを見渡せる土手の上に、加奈の黄色い軽自動車は停まっていた。

所在なげに土手に体育座りをし、加奈は汗を流す選手たちを眺めている。タンクトップからむき出しになった二の腕は以前よりずっとほっそりとしていて、キレイになったなと場違いにも思った。

「ああ、アキちゃん」

明子の姿を確認して、加奈は弱々しく声を漏らした。立ち上がろうとする加奈を手で制し、明子がとなりに腰を下ろす。

ここに来るまでの間にもう腹は決まっていた。明子は自分から語り出す。これまで誰にも明かさなかったことをだ。

ある有名人と付き合っていること、その彼に自分が必要とされていると感じないこと、少しも離れていたくないほど好きなこと、それなのにつまらない女と見透かされるのが恐くて、素直な気持ちを伝えることができないこと。

「ホントに鈍くさくて、非力で、ビックリするくらい何もしてあげられなくてさ。自分が彼にふさわしい女だってどうしても思えないんだよね」

最後にそうつぶやいた明子に、「星さんだよね。その彼って」と、加奈はわかっていたというふうにうなずいた。

「なんとなくそんな気がしてたんだ。アキちゃん、すっごくキレイになったし。もともとキレイだったけど、この半年くらいは驚くほどだったし。飲み会の誘いを断る態度もハッキリしててさ。ひょっとしたらって思ってたんだ」

加奈の言葉が心に染み入った。否定しきれなかった明子をちらりと見やって、加奈はおかしそうに続ける。

「私は星さんがアキちゃんを選んだ理由がわかる気するよ。一緒にいるだけで息が吐けると思うんだ。だからアキちゃんが悩むことはないって思うし、その意味ではミスコンなんて邪魔なだけだと思う。でもさ、それとこれとは別だと前置きした上で、今日ここに来た理由を言うね。コンテストに出てください。もし一つだけ参加することがアキちゃんのためになるんだとしたら、グジグジと悩んでいるヒマは確実になくなるってこと。『適当に』って散々言っておいてあれなんだけど、本当にめまぐるしくなるからさ。新しい世界が毎日毎日広がっていくはずだから」

加奈は切り札のように「あなたのため」の話をした。「誰かのためっていうんじゃなくて、アキちゃん自身がどうしたいか決めなよ」という声を聞いたときには、明子は涙を堪えられなくなっていた。

促されるように、加奈の肩に頭を預けた。にじむ視界の先で、選手たちが必死にボールを追いかけている。

夜が更けるにつれ、高校生たちの練習はますます熱を帯びていった。グラウンド近くの森にこだまする打球音が、心地良い。

「やってみるよ」と、明子は自然と言っていた。加奈は当然とばかりにうなずいた。

数年前まで隼人もこの場所で、同じように遅くまで練習していた。その姿を思い描くだけで、不思議と心が充たされた。


今年度のミスコンにエントリーした女の子は自薦、他薦、そして明子のようなスカウトを含めて、およそ百五十人だという。まず所属事務所や芸能活動の有無をアンケート用紙に記入し、指南されるままエントリーシートを書いた。

書類選考の次は面接だ。面接官として居並ぶ広研幹部の中に、いつになく硬い表情をした加奈を認め、明子は笑ってしまう。それがいい具合に緊張感をほぐしてくれて、尋ねられたことに素直に答えることができた。

とはいえ、普段着に毛の生えた程度の服装でやって来た明子は、それだけで少し浮いているように思えた。控室で顔を合わせるのはかわいらしい子ばかりだ。この日のためにみんな美容院で髪の毛をセットしてきているようで、目を惹《ひ》くような明るい色の服を着た子も多い。

　だから加奈によって面接を通過した旨を、つまりファイナルの六人に残ったことを告げられたとき、明子は喜ぶより先に戸惑った。

「だから面接までは問題ないって言ったでしょ。頼むよ、アキちゃん。本番はこれからだからね」

　加奈はそう言い放ち、明子の前に契約書を広げた。最初に目に飛び込んできたのは〈ミス立教の名を汚さぬよう〉といった文言だ。〈勝手に雑誌に出ないこと〉や〈ミスの名を使って商売をしないこと〉、そして〈違約金〉や〈スポンサー〉といった普段あまり見馴れない単語も並んでいる。

　読んでいるうちに事の重大さをひしひしと感じ、血の気が引いていった。今さらながら動揺している自分に気づき、明子はおずおずと口にする。

「ねぇ、大変申し訳ないんだけど、これから辞退することなんて……」

「はぁ？　ムリムリ！　ムリに決まってるじゃん！　ちょっと勘弁してって、アキちゃん。もう時計の針は動き出しているんだよ？　すでにたくさんのお金と人間がアキちゃんたちに巻き込まれているんだよ。甘えてもらっちゃ困るって」

　何が楽しいのか、加奈は大仰に笑った。「私のために」と頭を下げた、あの健気《けなげ》な友人はもういない。

明子が何よりも気にしたのは、他に五人いる最終候補の女子たちだった。二次の面接でさえみんなピリピリしていて、うかつに話しかけられる雰囲気ではなかった。最終ともなれば野心はさらに増すのだろう。

その日は、まだ梅雨の明けきらない夏のはじめにやって来た。候補者全員がはじめて顔を合わせたのは、本番で流すというプロモーションビデオの撮影日だった。

ただでさえビデオ撮影という難題に頭を抱えたくなるというのに、ずっと恐れていた顔合わせが当日の朝だという。広研幹部たちの気の回らなさにゲンナリしつつ、覚悟を決めて家を出た。案の定、集合場所で待っていたのは派手めな女の子ばかりだった。

ただし、それは明子も同じことだ。海での撮影ということで化粧は濃くしなければならなかったし、撮影される以上、さすがにジーンズというわけにもいかなかった。自分の持ちうる精いっぱいオシャレな、でも極力控えめな服を選ぶのに苦心した。

想像していた通り、はじめは誰もがうつむき気味で、居心地が悪そうだった。が、加奈をはじめとする広研の人たちの助けもあって、少しずつ打ち解けることができた。話してみると素直ないい子たちばかりで、ひとたび心を開けば話も弾んだ。

「そういうところを面接で見てるんだよね。極端に成り上がり志向の強い人とか、協調性のない人はどんなに美人でも落とされるの」

ボンヤリしていた明子に、加奈が先回りして説明してくれた。なるほど、そういうことなのか。そう思ったのも束の間、何かを確認して、加奈は表情を曇らせる。

「今回、不安な子は一人だけ。頼み込まれて、私が引き入れたんだけど。問題起こさないでくれるといいいんだけどね」

加奈の視線の先を、明子も目で追った。集合場所に一人だけ遅れて来た子がいる。彼女は余裕のある笑みを浮かべ、まずスタッフに頭を下げ、加奈にも何度かうなずきかけた。しかし、他の候補の子たちには見向きもしない。

「あの、おはよう」という明子の挨拶にも、彼女は応えようとはしなかった。久しぶりに見るエミは、むき出しの闘争心を覆い隠すかのような、フェミニンなワンピースに身を包んでいた。

モデルの活動が芳しくないらしく、エミはこのコンテストに懸けているという。加奈が教えてくれた。本当はエミのような子がミスになるべきだと思う一方で、彼女が放つ棘々しい空気に触れて、明子の胸にもはじめて闘志めいたものが湧いた。

とはいえ、館山《たてやま》で行われたビデオ撮影は「最悪」の一語に尽きた。カメラマンの口から出てくる、まるでグラビアアイドルに向けられるような要望の数々。波打ち際を走らされたり、女の子同士で水をかけ合ったり、つばの大きな帽子を押さえて夕陽に目を細めたり、意味もなく「ハイチュウ」を食べさせられたり……。

できれば早く帰りたかった。それでもなんとかがんばることができたのは、みんなが励ましてくれたからだ。外から眺めていたミスコンのイメージとはかけ離れ、候補者たちはごく普通の女子大生ばかりだった。

意外にも、彼女たちの中に女子アナや女優になりたいと公言する子はいなかった。少なくとも表向きには、生保やメーカー、公務員などと手堅い夢を口にする。エミのように「歌手として成功する足掛かりに」と、野心を露《あらわ》にする子は他にいない。

そんな彼女たちのおかげで、明子はいつからかミスコン関連のイベントを心待ちにするようになっていた。なかなか馴染めなかったのはブログを書くことくらいで、当初つきまとっていた不安は日を追うごとにうすれていったし、一人でいるときの孤独感も和らいだ。

でも、それと反比例するように、隼人と会うときの息苦しさは増していった。コンテストに出ることはいつまで経っても報告することができなかった。

波が引くようにセミの鳴き声が聞こえなくなり、すっかり雲の位置も高くなった。短い雨の時期を終え、突き抜けるような青空が広がった頃、東京六大学野球、秋のリーグ戦が開幕した。

東大戦、法政戦、そして明治戦と、早稲田は取りこぼすことなく戦い、隼人自身も順調に勝ち星を重ねている。それなのに試合を終えるたび、何かに追われるように隼人は明子に電話をかけてきた。

明子の方もどんなにミスコンの行事が立て込んでいても、野球部がオフの月曜と、三戦目が行われた場合に休みとなる火曜の夜だけは予定を空けていた。

明治との第三戦を終えた月曜日の夜もそうだ。付き合って半年が過ぎた頃から、会うのは都内のシティホテルと決まっている。そのホテルに呼び出され、いつものように何かを吐き出すようにして抱かれたあと、隼人は何よりも大切に扱ってきた自分の左手を見つめ、弱々しくつぶやいた。

「俺、この四年間で少しは成長したのかな。周りはプロ、プロってうるさいけど、自信がないよ」

いまだに野球をよく知らない明子でさえ、隼人が結果を出し続けてきたことは知っている。今日の明治戦で達成したノーヒットノーランも、携帯のニュースサイトでトップの見出しを飾っていた。隼人自身が目標と公言していた三十勝までも、この日の勝利であと一つに迫ったのだ。

にもかかわらず、隼人の声は自信なさげにかすれている。上半身裸のままベッドの縁に腰を下ろし、尚も左手を見つめ続ける。こちらに向けられた背中はいつものように大きくは見えず、肩もかすかに震えていた。

明子は吸い寄せられるように近づき、隼人を背後から抱きしめた。そして、二人を包むようにして布団を羽織る。背中から隼人の熱が伝わってきた。しっかりと自分の熱も伝えたかった。

「大丈夫。絶対に大丈夫だから。リーグ戦が終わって、少し落ち着いたら、二人きりでお祝いしよう。旅行とか行こう」

子どもを諭すように話し、頭を抱くと、隼人は素直に身を預けてきてくれた。世界中の誰に認められるよりも救われた気持ちになる。この瞬間がずっと続けばいいのにと、明子は照れもせずそう思った。

伝えるなら今しかなかった。たとえそれで態度を変えられてしまったとしてもだ。悪いことをしているつもりはない。

くしくも、ドラフト会議と学園祭の日は重なった。四日後の金曜日、二人の運命が決する。その前に言わなければと頭ではわかっていたけれど、でも……。

結局、この夜も明子はミスコンのことを明かすことはできなかった。外で一緒に食事をすることさえも、慎重に、慎重を重ねる人だ。隼人のしらじらとした表情を見るのが恐かった。

それでも引き返そうとは思わなかった。ここまで関わってくれている人や、誘ってくれた加奈のためではない。他ならぬ自分自身のためだ。

たとえ隼人に捨てられたとしても、堂々と受け入れる。そう思わせてくれたのだ。ここまで来てその舞台から逃げ出すことは、今の明子にはできなかった。

目を覚ましたとき、明子は自分がどこにいて、何をしているのか瞬時に判断することができなかった。

手には開かれたままの携帯がある。待ち受け画面のカレンダーを見て、ようやく今日がドラフト会議の日だと、そしてミスコン当日なのだと思い至る。

どうやら昨晩、最後のブログを更新しないまま眠ってしまったようだ。結局、ブログを書くことだけは最後まで慣れなかった。

書きかけの「夢のような」や「キラキラした」といった語にあふれる文面を見て、明子は自分のことながら恥ずかしくなる。当初あれほど嫌悪していたくせに、まるで若手アイドルを気取ったような内容だ。

途中で寝てしまって本当に良かった。苦笑いしながら、一時間以上かけたものを惜しげもなく消し去り、明子はありのままの思いを綴《つづ》る。

『今日まで未熟なわたしを支えてくれた家族、応援してくれた友だち、同じ時間を過ごした候補者のみんな。そして、世界中の誰より大切な人。全員に心からありがとう。では、本戦にいってきます。戦ってきます！　佐山明子』

家を出るとき、両親が見送ってくれた。母は明子のミスコン参加に決していい顔を見せなかったが、最後の最後に「思いっきり楽しんでらっしゃい」と微笑んでくれた。父は今にも泣きそうな顔で「本当に行っちゃダメ？」と尋ねてくる。明子は笑いながら「うん、ダメ。恥ずかしいから。ドラフト会議でも見てて」と応えて、でも「ありがとう」とつぶやいた。

真っ直ぐキャンパスに向かい、すでに忙しく動いている広研の人や関係者、そして他の候補者たちと挨拶を交わす。「おはよう。今日までホントにありがとう」と、みんなの笑顔には最後まで勇気づけられた。

舞台袖から眺めた会場の〝タッカーホール〟には、朝の澄んだ空気が満ちていた。姿勢を正して、本番の光景を想像してみる。と、背後から雰囲気にそぐわないヒールの音が聞こえてきた。その攻撃的な音を聞くだけで、エミだとわかった。

「おはよう」

明子は振り向き、笑いかけた。エミの方は表情も変えずに言ってきた。

「ねぇ、譲って」

その口調は強かったけれど、さすがに冗談だと受け止め、明子は苦笑する。

「ダメだよ。みんなを裏切ることになるもん。そもそもどうやって譲っていいかわからないし。それに――」

「それに？」

なぜかスラスラと言葉が口をついた。いぶかしげなエミを無視し、最後まで言い切ったとき、明子の顔からも笑みが消えた。

「たまにはわたしが主役になるよ」

エミは呆気に取られたように黙っていたけれど、しばらくすると目もとに笑みをにじませた。そして「典型的な〝女に嫌われる女〟だよね。私はあんたのそういうとこ、嫌いじゃないけど」と、右手を差し出してきた。

その手を両手で握り返して、明子は「今日までありがとうね、エミちゃん。私もエミちゃんの攻撃的なとこ、好きだったな」と口にする。ムスク系の甘い香りを感じながら、ああ、そうか。自分は〝女に嫌われる女〟なのかと、明子は他人事のように思っていた。

一度キャンパスを後にして、池袋の美容院でメイクと髪の毛のセットをし、再び大学へ戻る。あわただしく最後のリハーサルを終え、洋服を提供してくれるスポンサーの人たちに挨拶したあと、明子はこの日着る予定のウエディングドレスの前に一人立った。

自然と隼人の顔が脳裏を過った。想像の中の隼人は、いつだってさびしげな表情を浮かべている。

「ああ、アキちゃん。ここにいたんだ」という声に我に返り、振り向くと、加奈が青い顔をして立っていた。

「なんか変な男の人にアキちゃんのこと根掘り葉掘り訊かれたの。なんかその言い方がイヤらしくて。ライターとかって名乗ってたけど。本番前に悪いけど、一応伝えておこうかと思ってさ」

そんな予感があったわけではないけれど、明子の心は揺らがなかった。加奈に礼を言い、もう一度だけウエディングドレスを見やり、明子はゆっくりときびすを返した。

今年度のミス立教コンテストが幕を開けた。司会者に呼ばれ、明子は他の五人とともにステージに立つ。

みんなの家族、友だち、クラスメイト、ファンの人、そして客席前方にズラリと居並ぶカメラマン。一瞬、のみ込まれそうになったが、明子ははね返すように胸を張る。今日までだ。今日ですべて終わるのだ。明日には何もかも変わっている。それが良い方へなのか、悪い方へなのかは知らないが、今日ですべてが終わるのは間違いない。

一度舞台袖に戻り、明子は呼吸を整え、手を合わせ、それを眉間に押し当てて、目を閉じた。一次審査までのわずかな時間、集中力を高めることだけに努めた。

数分後、司会者に呼ばれた。

『それではエントリーナンバー3、佐山明子さんです。どうぞ！』

明子は二度、三度頬を叩き、ステージに歩を進める。万雷の拍手と、スポットライトが明子だけに降りそそぐ。

最後に大きく息を吸って、明子はカメラの方を向いた。たくさんのレンズにしっかりと微笑みかけて、客席を見渡した。

すべての目が自分だけに向いている。そうした視線をすべて無視して、そこに隼人がいることを想像する。意外にも隼人は笑っていた。いつもの陰を背負っていない、晴れ晴れとした表情を見せてくれる。たとえ今日までだったとしてもだ……。私はないものにされたくない。私はここに立っていたい。

隼人にこくりとうなずきかけ、そして明子は語り始めた。

「基本的にはのんびりした性格だったと思います。目立たず、騒がず、小さい頃からよく笑って、周囲の空気を読んだり、悪意に気づいたりすることも苦手でした。そうしてのんきに生きていたせいかはわかりませんが――」

秋季リーグ戦 星取表						
	早大	慶大	立大	明大	法大	東大
早大				●○○	○●○	●○○
慶大			○○	●●		●○●
立大		●●		●●	●●	●●
明大	○●●	○○	○○		○●○	
法大	●○●		○○	●○●		○●●
東大	○●●	○●○	○○		●○○	

早稲田・星に7球団
プロ野球ドラフト会議

プロ野球の新人選択（ドラフト）会議で、注目の星隼人（早大）に最多7球団の指名が集まった。交渉権を引き当てたのは東京の篠田監督。「実力はもちろんだが、彼のスター性を高く評価した。早く1軍で投げる姿を見てみたい」と期待を寄せる。一方の星はリーグ戦の最中であることを理由に会見を開かなかった。【長岡平助】

銀縁くんの新恋人は女子アナの卵？

今月下旬、2人の若者が華々しいスポットライトを浴びていた。1人は言わずと知れた国民のアイドル。ドラフト会議で7球団から指名を受けた早稲田大学の星隼人選手(21)。もう1人は、並み居る美女の中、見事〝女子アナの登竜門〟とも呼ばれる「ミス立教グランプリ」を勝ち取った佐山明子さん(21)である。本誌取材班は2人が都内のホテルで密会しているところを、たびたび目撃していた。星選手は芸能人よろしく、大きなマスクと帽子で変装し、ホテルにも別々に出入りするという念の入れようで、早くも大物の風格である。お相手の明子さんは立教大学の3年生。コンテストでは、将来の夢を「お嫁さん！」と宣言していたが、せっかくの美貌を〝銀縁くん〟に独り占めされてはもったいない。国民のアイドルを射止めたその姿は、次ページからの特集でとくとご覧あれ！

第5週　陸の王者は、私の王者

プロ野球ドラフト会議が開催されている都内ホテルの一室は、「会議」という単語から連想されるものとはおよそかけ離れた、華やかな雰囲気に彩られていた。

『第一巡選択希望選手、東京、星隼人。投手。早稲田大学――』

今年度のドラフトの超目玉、早稲田の星の名前が呼ばれるたびに、フラッシュが焚《た》かれ、観覧に訪れたファンたちは沸き返る。星の名が読み上げられたのはこれで六度目。つまり、すでに六球団から一位指名を受けたということだ。

東京ジャイアンツの監督、篠田功二郎《しのだこうじろう》の苦笑いがテレビに映し出された。その様子をリビングのソファで、メガネ越しに眺めながら、山田紀子《やまだのりこ》は嘆息した。「何もわざわざ昔のことを」と、独りごちる。

本当はドラフト会議など見るつもりはなかったのだ。夕飯の準備に取りかかる前のわずかな休息、平日のこの時間は韓《ハン》流ドラマを見るものと決まっている。

いや、その韓流にしてもべつに見たくて見ているわけではない。偶然ばかりが重なるストーリーはどれも似たり寄ったりで、韓国人スターをカッコイイとも感じない。同年代の女性がするという空港へのお出迎えも、新大久保通いも正気の沙汰とは思えない。韓流ドラマなど、ただの暇つぶしに過ぎないのだ。

東京からの指名を受け、画面が早稲田の構内に切り替わった。長テーブルの上にむなしくマイクだけが置かれている。そこに星の姿はない。他大の選手は真剣な表情でモニターを見つめ、はにかんだり、唇を嚙みしめたりと、学生らしく喜怒哀楽を表しているというのに。星のこういうところが、かわいげがなくて好きになれない。

よく目にする女子アナウンサーが、いつもの軽薄そうな笑顔を封印して、しかしいつも以上に短いスカートをはいて、何やら神妙に口にした。

「ええ、こちら早稲田大学の記者会見場です。一部、指名回避との報道もあった東京から名前を呼ばれ、記者からはどよめきが起こりましたが、星選手はいまだに姿を見せていません」

無人のテーブルにカメラがズームアップしていく。たかが学生を相手に、いい大人が何を翻弄されているのだろう。

いい加減バカバカしくなり、テレビを消そうとリモコンを取った。そのとき、玄関からドアの開く音が聞こえた。夫の和明《かずあき》がリビングルームに駆け込んでくる。

「おお、まだ抽選前か。良かった、良かった」

紀子には一瞥もくれず、和明はソファに腰を下ろした。首もとのネクタイはだらしなく緩み、すり切れた靴下からは今にも親指が飛び出しそうだ。

「どうしたんです？　仕事は大丈夫なんですか」

「ああ、まぁな」

「帰るなら一本電話くらいしてくださいよ。食事の準備これからですよ」

紀子はちらりと壁の時計に目をやった。十六時を少し回ったところだ。事務所のある都内から中央線で東京を横断して八王子へ、そこから優に二十分は歩くことを考えれば、十四時過ぎには事務所を出てきたという計算になる。

呆れる紀子にかまわず、和明はからりと微笑んだ。

「もちろん、わかってるよ。腹だってべつに減ってない。とりあえずビールをくれ。のどがカラカラなんだ」

ドラフト会議を楽しみに、駅から早足で来たのだろう。すっかり後退した額に汗がぎとついている。紀子は嫌悪感しか抱けなかった。直前まで昔の出来事を考えていたこともあって、目の前にいる中年男がまるで他人のようだった。

「お、福岡も星くんで来たのか。やっぱりすごいな。これで七球団からの指名だぞ。最後の名古屋もおそらく星くんで来るはずだ。エースの滝田が引退して、ピッチャーが欲しいはずだからな」

ビールに口をつけながら、和明は誰にともなく解説している。よその子が注目されることの何がそんなに嬉しいのか、紀子には見当もつかない。気分もいいとは言えなかったが、そのままソファに留まった。どうせなら銀縁くんをどこが引き当てるのか見届けたかった。

しかし、紀子はすぐに自分の判断を後悔する。和明が「さぁ、最後だぞ」と言った直後だった。

『第一巡選択希望選手、名古屋、柴田博嗣。内野手、慶應義塾大学――』

テレビから、そんな声が聞こえてきた。野球に疎い紀子は、和明の言葉しか判断する材料を持っていない。だから当然銀縁くんの名前が呼ばれるものと思っていたのに。柴田の名が出てくるなど、想像もしてなかった。

和明も同様のようだった。すべての動きを一瞬止め、大げさに目を瞬かせたあと、部屋中に響き渡る声を張り上げる。

「おお、来た！　柴田くんだ。すごいぞ。一巡目だ！」

画面が今度は慶應の会見場に切り替わった。柴田は他の選手たちを背後に従え、照れくさそうにうつむいている。

借りてきた猫のように大人しい柴田をよそに、詰め襟の制服に身を包んだ他の野球部員たちは沸いていた。中でも、一際オーバーアクションで悪目立ちする者がいる。最初に自分の目を疑い、すぐに不安が的中していることを知り、紀子は胸を強く締め付けられた。

ああ、もう。バカ俊哉《としや》――――！　心の中で叫んだ瞬間、目の前がちらついた。全身を血が駆け巡り、背中にちくちくとした痒みが走る。

「お、俊哉だぞ！　いいぞ、いいぞ。あいつ目立ってるな」と、和明は他人事のように笑っていた。紀子は穴があったら入りたかった。

女性アナウンサーにうながされ、主役の柴田が立ち上がった。

――名古屋ドラゴンズからの一位指名です。今の率直な気持ちを聞かせてください。

「ええと、すいません。まさか一位だなんて夢にも思ってなかったので、なんか夢みたいです」

――名古屋というチームにどういう印象を持っていますか？

「僕は生まれが神奈川県なので、あまり印象はないのですが、味噌とか、しゃちほことかですかね。あとウナギなんかもそうですか？」

――ではなく、チームに対して。

「あ、すいません。ええと、毎年優勝に絡む強いチームですし、当然レギュラー争いはハンパないと思ってます。でも、自信がなければプロの世界には飛び込めないと思っていますし、やってやろうという気持ちです」

――先ほど神奈川県出身というお話が出ました。早稲田の星くんとは京浜高校時代のチームメイト。大学では早稲田と慶應に分かれ、しのぎを削る間柄でした。これから星くんの抽選が始まります。一言あれば。

「そうですね。是非セ・リーグに来てくれたらと思います。僕、こう見えても大学ではヤツからはヤバいくらい打ってるんで。同じリーグになったらボコボコにしてやりたいと思います。まずは先週の試合でやってしまった右足首の怪我を完治させて、来週の慶早戦に備えたいと思います」

一言でいえば、バカなインタビューだった。「夢にも思ってなかったので、夢みたい」「味噌」「しゃちほこ」「ウナギ」「ハンパない」「ヤバいくらい」……。たかだか一分ほどの間にこれでもかと頭の悪さを露呈する。

しかし、おそらくそれは視聴者には伝わりにくかったに違いない。柴田以上に、バカを披露する人間がその背後にいたからだ。よりにもよって俊哉だった。

はじめのうちはインタビューされる柴田のうしろで、カメラに向けてピースサインを向けるくらいだった。それでも事件現場に群がる野次馬を連想させて、紀子を充分憂鬱にさせた。そんな母親の気など知らない俊哉は、さらに増長する。しまいには悪のりした部員たちに担がれ、関係ないのに胴上げなどされていた。

華々しくスポットライトを浴びるよその子のうしろで、身体が舞うたびに画面から消える一人息子。

紀子は頰を真っ赤に染め、気づいたときには奥歯を噛みしめていた。さすがの和明もこれ以上は茶化す気になれないようで、気まずそうに目を逸らす。ついにはテレビ局の関係者らしき人から注意される姿まで映し出され、紀子の怒りは頂点に達した。テーブルの上の携帯が震え出したのは、そのときだ。

怒りに任せて通話ボタンをプッシュする。『もしもし、ちょっと紀子さん？』という甲高い声が聞こえてきて、舌打ちしそうになった。香川に住む姑《しゅうとめ》だ。なぜ出る前に名前を確認しなかったのかと、自分の不注意を呪いたくなる。

想像した通り、姑はテレビを観て連絡を寄越《よこ》してきた。『俊哉はいったい何を考えているのか』『あなたたちはこれまでどんな教育をしてきたの』『近所の人に顔向けができない』云々、畳みかけるようにイヤミを連発する。

紀子の怒りと大体方向性は一緒だし、言いたいことは理解できた。問題は、その怒りをなぜ嫁である自分に向けるのかということだ。

姑はもちろん俊哉の携帯番号を知っている。しょっちゅう小遣いを送っては、毎回お礼の連絡を受けていると聞いている。回数だけでいえば、紀子などよりよほど電話をしているはずなのに。

調子のいいときばかり孫の声を聞いて、説教するときは嫁を通す。息子である和明にさえ気を遣うのに、紀子にだけは容赦がない。

いつもは長々と説教を受けるのだが、夕飯の仕度があるからと、なんとか五分ほどで振り切った。

カリカリしながらリビングに戻ると、和明が柏手《かしわで》を打っていた。直後に、ガッツポーズする東京の篠田監督の笑顔がテレビに映し出される。

『七球団の競合の末、早稲田大学の星はジャイアンツが交渉権を獲得しました』というアナウンサーの解説を聞きながら、紀子は二人の姿を交互に見た。和明と、篠田の二人をだ。同じように微笑む二人を見比べ、紀子は再びため息を漏らした。

ほとんど会話のない食事を終えたその夜、早々に寝息を立て始めた和明とは対照的に、紀子はなかなか寝付けなかった。

ドラフトでの一件から始まり、俊哉の大学入学が決まった日の喜び、生み落とす瞬間に感じた痛み、結婚当初の憂鬱、自分が学生だった頃の夢と、深い闇の中で、思い出が過去へ、過去へと潜っていく。

しばらくは目をつぶっていたが、紀子は布団から抜け出した。キッチンで温かい紅茶を淹《い》れ、リビングの間接照明を灯し、テレビのチャンネルをBSに合わせる。とある韓流ドラマの再放送をやっていた。

あいかわらずの安っぽい展開にセリフ、浅薄《せんぱく》な人物像、そしてたいした魅力もないくせに揺るぎない笑みを浮かべる役者たち。

「くだらない。みんなこんなものに夢中になって」

そう無意識につぶやきながら、紀子は時計を見た。一時半。こうして一人静寂の中に身を置いている時間は何よりも貴重で、心が落ち着く。そんなことを思う一方で、抗うことのできないさびしさも感じた。

かけているメガネがうっすらと曇っている。しばらくの間、紀子はそのことに気づけなかった。


紀子自身が〝慶應〟という名のレールに乗ったのは、中学生のときだった。大変な受験勉強の末に合格を勝ち取った慶應義塾中等部。あの日の誇らしい気持ちは、きっと生涯忘れられない。

湘南《しょうなん》の端の大磯から、東京・三田にある学校まで。その通学は楽なものではなかったけれど、行き帰りの電車の中だけが紀子にとってやすらぎの時間だった。学校では、とくに幼稚舎からの内部進学生を中心とした人間関係に翻弄され、家に帰ると今度は教育熱心な母が待ちかまえていた。

いや、あの母の教育への取り組みを「熱心」という一言で片付けるのには無理がある。あれは「執着」以外の何ものでもなかった。

思えば、中学受験がまだ特別なものだった時代にあって、物心ついたときから紀子と一つ下の妹は勉強ばかりさせられていた。

「これからは女の時代になる。女だからなんて甘えていたら絶対に足をすくわれる。自分の人生に言い訳したくないのなら、黙って勉強してなさい」

家事も育児も文句の付けどころなくこなし、また容姿も端麗だった母は、唯一、そして絶対的に、自らの学歴をコンプレックスとしていた。本人もそれを自覚し、隠しもせず、当時としてはべつにめずらしくない「中卒」という身の上を嘆いていた。

それは、母自身の言う「人生に対する言い訳」だったのではないだろうか。紀子の目には、公務員の父よりも母の方が人として格上に見えた。しかし世間などではなく、他ならぬ母自身が決してそう見なさなかった。

正月などで父方の親族が一堂に会するとき、たいして稼ぎもないくせに、男たちはだらしなく酒を飲んでいた。働くのはいつも女ばかりだ。

その構図を当たり前としなかったのは母だけだ。母だけがきっと女のみが働くことの歪《いびつ》さを感じ取っていたはずなのに、その思いをひた隠し、親族の前ではいつも笑みを絶やさなかった。孤独だったに違いない。

祖母の家の台所で、一度だけ、母が目を潤ませている場面に遭遇したことがある。そのときの母の顔はまるで何かに憑依《ひょうい》されてしまったかのようで、まだ小学生だった紀子は後ずさりしたほどだ。

母は一瞬驚いたように目を瞬かせたが、すぐに得意の笑みを取り戻し、紀子を優しく抱きしめた。

「ごめんね。こんな姿を見せちゃって。でも、お姉ちゃんならもうわかってくれると思うの。勉強しなさい。紀子にはこんな思いをさせたくない」

そんな母だったからこそ、紀子の慶應合格を誰よりも喜んだ。紀子もまたようやくこれで勉強の、そして母親の束縛から解かれるのだと胸を弾ませた。

しかし、母がいよいよ紀子をコントロールしようとし始めたのは、この頃からだった。紀子が望んだ吹奏楽部への入部を断固として認めなかったときから、母は抑えがきかなくなったように、紀子に何かを託し始めた。

妹の美也子《みやこ》は中学受験に失敗し、次第に母の望まないタイプの友人と遊ぶようになった。それからはますます自分への期待が高まったことを肌で感じた。中学時代はほとんど母の支配下に置かれていたと思う。父は見て見ぬフリを決め込んでいたし、妹は露骨に母を、そして紀子を蔑んだ。

そうした中で、紀子の心のよりどころとなったのは、学校の行き帰りの電車で読んだ多くの本だった。小説だけでは飽き足らず、ノンフィクションに詩に随筆、哲学書や経済書も好んで読んだ。読むものがなければ辞書にまで手を広げたし、熱中しすぎて東海道線を小田原まで乗り過ごしてしまったこともある。母の悪意にも似た毒気にさらされるほどに、紀子は本に逃げ場を求めた。文字通りの活字中毒だった。

その結果、慶應の女子高等学校にエスカレーター式に上がった頃には、紀子はいっぱしのインテリを気取るようになっていた。学校の成績も悪くなく、〝慶應〟というブランドが持つ意味を考えたりもした。

母を落伍者《らくごしや》のように見下し始めたのも、この頃のことだ。それでも母は変わらず紀子に自分の夢を委ねようとしてきたが、すでに自分にとって世界ではなくなってしまった母親の声は、胸に響かなかった。母の言葉に主体性がないことに気づき、そして空虚なものとして捉えるようになっていく。

いつか母の言っていた通り、時代は少しずつ、でも確実に女に開放されるようになっていた。生き方が憧れとなる女性が数多く登場し、自らの未来図を思い描いたとき、そうした外の世界で戦う彼女たちに結びつけるのは簡単だった。

その意味では、勉強することの尊さを必死に説いてくれた母には感謝している。しかし高校に進学して以降、紀子は一度として母と交わることがなかった。新たに身につける知識、新しく出会う仲間、紀子の世界が広がっていくに従って、子どもを通してしか己を体現できない母の存在が小さく、愚かに見えた。

ハッキリ言って、迷惑以外の何ものでもなかった。あなたの人生がつまらないのは環境や時代や学歴のせいなんかじゃない。あなた自身がつまらないだけだから――。常にそんな思いを抱えていた。


高校での成績は抜群で、大学は好きな学部を選ぶことができた。法学系の学部へ進むことを希望した母を無視して、いや、母が法学系を望んだからこそかもしれない。紀子は文学部への入学を希望した。

「ねぇ、紀子。どうしてそんな仕事に結びつかない学部へ行くの。考え直さない？　学費だって安くないのよ」

どこかヒステリックな母の言葉を、紀子は嘲笑した。

「大丈夫。慶應だよ？　学部がどうであれ、仕事なんていくらでもあるって」

「でも――」

「だから大丈夫って言ってるでしょ。それにどんな仕事をしたって、お母さんよりは幸せな人生にしてみせるから。私は自分のしたい勉強をする」

「ちょっと、お姉ちゃん。いくらなんでもそんな言い方しなくてもいいじゃない。最近イライラしすぎよ。さすがにお母さんがかわいそう」

つい最近まで不良の真似事をしていて、自分こそ平気で母を泣かせていたくせに。妹の言い草にも腹が立って仕方がなかった。

「あなたに言われる謂《いわ》れはない。もう放っておいて。私は自分のしたいようにする。それだけが人生に言い訳しないための方法なんでしょ」

そのときの母のさびしげな表情を振り払うように、紀子は大学でさらに勉強に励んだ。今度は誰に強制されてのものでもない。自分が選び取った勉強だ。

見るもの、聞くものすべてが血肉になっていくのを感じた。将来の職に通じているという感覚はたしかに乏しかったが、朧《おぼろげ》気ながら学者という夢も見え始めた。本来、大学とは就職のために存在するものではないはずだ。そんな反発心もどこかにあった。

一方で、紀子は積極的に交流の幅を広げることにも努めた。他大の人から「慶應の女」という目で見られることは気分の悪いものではなく、最初にできたボーイフレンドも、そうした輪の中で知り合った都内の中堅大学の男性だった。

二重まぶたが印象的な、優しい顔をした男の子だった。でも、文学に芸術、音楽や映画にもさして興味を持たない彼とは、すぐに話すことがなくなった。そのうち彼は、それを学歴の違いによるものと考えるようになった。会えば卑屈な思いをぶつけられ、そのくせなかなか身を委ねようとしない紀子に、不満をあらわすようになった。

そうした言動に耐えきれなくなったとき、紀子は彼と別れることを決めた。はじめての相手として彼はふさわしいとは思えなかった。

次に出会ったのは、慶應の一つ上の先輩だった。相手が誰かも知らされないまま友人に連れていかれた合同ハイキングで、彼を見た瞬間、紀子の胸は高鳴った。

「篠田功二郎です。はじめまして」

そう自己紹介したときの、少し鼻にかかった声が忘れられない。どこかで聞いたことのある名前だなと思っていると、彼は「野球部なんだ」と付け足した。他の女の子たちは当然というふうにうなずいた。彼はきっと首をひねった紀子に向けて、自分のことを紹介した。

出会った日の夜、みんなで囲んだ小さな焚き火を眺めながら、篠田はアコースティックギターを鳴らした。口ずさんでいたのはビートルズの〝Ｈｅｙ Ｊｕｄｅ〟だ。体育会系の人間とは思えない器用な指の動きだった。

紀子も好きな曲だったので、目を細めて彼の歌声を聴いていた。篠田はそんな紀子にちらりと目を向けたあと、照れくさそうに微笑み、二番からは歌詞を日本語に変えて歌い始めた。

並の男がやっていたら、うすら寒い気持ちになっていたに違いない。でも、篠田が口ずさむ「うつむくな」「前向きに」といった歌詞は、驚くほどすっと紀子の心に染み入った。いや、篠田の歌が特別良かったわけではないのかもしれない。夏山の雰囲気と焚き火の匂い、そして恋は盲目というだけだ。

出会って約一カ月、大学二年生の夏休みが明けた頃に篠田の方から切り出され、二人は付き合い始めた。間もなくして友人から篠田が大学球界では名の通っている選手だと聞かされ、しばらくは遊ばれているだけではないのかと警戒していたが、半年が過ぎ、一年が経っても、彼は変わらず、紳士なままだった。

ケンカをしたことは一度もない。篠田自身が野球を心から愛し、ストイックに向き合っていたからだろう。将来の夢のために愚直に勉強し、デートそっちのけで文庫本を開く紀子を、彼は咎めようとしなかった。

このまま穏やかな日が続くものと疑わなかった。篠田との将来を思い描くことは容易《たやす》く、「加賀《かが》紀子」から「篠田紀子」に姓が変わる日のことを想像しては、一人で頬を緩めたこともある。しかし、紀子が漫然と遠い将来と考えていたその日は、自分の意志とは無関係なところからやって来た。

大学三年生の秋のことだ。大磯の自宅に篠田から電話がかかってきた。『これから会えないかな』という声はいつになく真剣で、紀子はただならぬ気配を、もっと言えば別れの気配を感じ取った。

だが、落ち合った桜木町の喫茶店で、紀子は正反対の話を聞かされる。

「ごめん。ニュースは見たかな?」

「ニュースですか?　いいえ、すみません。見ていません」

「いや、それならいいんだ。あの、引っかかったんだ。ドラフト。福岡の六位指名」

そこまで聞いてもまだ、紀子には理解できなかった。ドラフト会議そのものも知らなければ、福岡ホークスというチームの存在も、そこで指名される意味もよくわからなかった。

篠田は呆れるでもなく、真摯に紀子に説明してくれた。会議の仕組みやその目的、彼の野球に対する思いや夢についてもはじめて丁寧に語ったあと、頬をかすかに染め、覚悟を決めたように顔を上げた。

「できたら、一緒に九州に来てほしい。僕の奥さんになってほしい」

いつかこんな日が来ればいいと夢想していた。しかし、思ってもみないタイミングでのプロポーズに、紀子は頭が回らなかった。

真っ先に抱いたのは、化粧もほとんどしていないこの状況で……という間の抜けた思いだった。そしてゆっくりと新たな感情が湧いてくる。しばらくはその正体を見極めるのが難しかった。

ようやく我に返ったとき、紀子はハッキリと怒りを感じていた。この日が篠田にとって、人生を左右する一日だったのは間違いない。その思いを共有することを許してくれず、きっと一人でヒリヒリとした時間を過ごし、プロの選手になれるという喜びを爆発させることもなく、申し訳なさそうに二人の将来の話をする。

東京を離れることや、自分の夢が絶たれること、専業主婦という役目を担わされようとしていることは、不思議と気にならなかった。それでも釈然とはしなかった。

「ごめんなさい。時間が必要です。少し考えさせてください」

そう口にするのがやっとだった。

「うん、もちろん」と、篠田ははじめて救われたような笑みを見せる。紀子は不信感に似た思いを抱いた。こちらを尊重しようという篠田の態度に、逆に男性特有のマッチョイズムを感じたのだ。紀子にはそれが責任の放棄としか思えなかった。

唐突に人生の分岐点に立たされ、平静を装って毎日を過ごしながらも、紀子は自分が少しずつ塞いでいくのを感じていた。その異変に気づいたのは母だけだ。

「何かあったわね。言ってごらんなさい」

例によって決めつけるような口調だったが、カチンとは来なかった。紀子は訥々と説明した。ありのまま、とはいかなかった。漠然と抱く自分の答えに、母を誘導するような話し方だったと思う。

すべてを聞き終えたとき、母は肩で息を吐いた。呆れたとも、悲しげともいえない微妙な表情を浮かべて。

いや、ひょっとすると母は喜んでいたのかもしれない。久しぶりに自分の出番が回ってきたことに、心を躍らせていたに違いない。

「あなたは九州で主婦なんてするためにこれまで努力してきたの？　学者になりたいと

いう夢はそんなに軽いものだったの？　あなたは誰もが羨《うらや》む学歴を持っているのよ」

　母は慎重に言葉を選んでいるようだった。紀子の自尊心をくすぐりつつ、間合いを詰めるような口調で言う。

　神妙な面持ちの紀子をどう見たのか、母は柔らかい笑みを浮かべた。

「決めるのはもちろんあなただけどね。今すぐ結婚なんて私は得策とは思わない。それも九州だなんて。あなたのような博識な人間には刺激が乏しすぎるわよ。苦労するに決まってる」

　母がそう言い切ったとき、紀子は背中を押された気がした。久しぶりに母に微笑みかけ、小さくうなずいた。

「野球選手みたいな、わざわざそんな将来のない仕事」という最後の言葉だけは、聞こえないフリをした。


　揉めるどころか、ほとんど話し合うこともないまま篠田と別れた、翌年。紀子は民間の企業に就職することを決めた。理由の一つは、時代の熱にうかされた父が財テクに失敗し、大学院に進む余裕が加賀家になくなったこと。もう一つは、気乗りしないまま受けた大手都市銀行から総合職として内定をもらったことだった。

　本格的なバブルが到来する前夜、まだまだ金融に力のある時代だった。慶應で育まれてきたプライドは紙一重のところで保たれ、ほんの少しの期待を抱いて乗り出した社会人生活は、しかし理想を嘲《あざけ》るように絶望の連続だった。

総合職とは名ばかりの、女を戦力とは見なさない上司たち。相談できる女性の先輩は部署におらず、紀子の声はほとんど誰にも届かない。お茶汲みも、電話番も、ホステスのような役割を担わされての接待も、すべてが苦行のようだった。

そうして三年かけてプライドも人間性も徹底して踏みにじられ、朝が来るたびに吐き気を催すようになった頃、紀子は大学時代の友人からある人間を紹介された。山田和明という四つ年上の男性だ。慶應を出て四年目に司法試験を突破し、修習期間を経て、裁判官として地方への配属が内定しているという話だった。

男として、和明に心が震えたといえば嘘になる。しかしこのとき、紀子の目に和明はたしかに救世主と映った。ここではないどこかへ連れ去ってくれる、世界で一人だけの男。そんな誤解をさせてくれたし、紀子に打算が働いていた以上、「地方に行くまでに身を固めておきたいんだよね。田舎の女と話が合う気はしないし、オフクロを安心させてやりたいから」と悪びれもせずに笑う男を、非難はできなかった。

母はやはり懐柔《かいじゅう》するように反対したが、このときは相談ではなく報告だった。紀子は聞く耳を持たなかった。

入団三年目にしてブレイクし、プロでの篠田の活躍をたびたび目にしていたことも紀子の決断を後押しした。いつか再会したとき、引け目を感じるのはごめんだった。「山田」という姓はあまり好きになれなかったが、「慶應卒の裁判官」という肩書きは誰に紹介しても恥ずかしくない。幸せな家庭生活の画を描くことは容易かった。

早々に籍を入れ、ささやかな披露宴を東京で開き、紀子は晴れて会社を辞した。そして和明とともに向かった初任地の山口で、早くも厳しい現実を突きつけられた。思い描いた「幸せな家庭像」など幻想に過ぎなかった。

エリート意識むき出しの妻ばかりの官舎。あまりの街の狭さに息抜きするような場所はなく、書店や映画館もほとんどなければ、価値観を共有できる友人も見つからない。何よりも堪《こた》えたのは「話が合う」と言っていたはずの和明が、ほとんど口をきかないことだった。

裁判官には二つのタイプがあるという。職務上知りうる情報を守るため「家族にしか仕事の話をしない」タイプと、「家族にさえも話さない」タイプ。新人にありがちなプロ意識からか、和明は典型的な後者だった。絶対に情報を漏らすまいと、紀子に外で働くことさえ許さないというかたくなさだ。

季節に一度、十日から二週間という日程で香川から姑が泊まりに来る以外、口をきく相手もいなかった。むろん姑との会話で心が充たされるはずもなく、むしろ孫の誕生を急かす圧力に、次第に紀子は追い詰められた。

それでも、山口にいる間はなんとか耐えることができた。しかし、次に赴任した岐阜でもほとんど生活は変わらなかった。あいかわらずの色の乏しい風景に、閉塞感。食事と、お風呂と、寝ることと、たまに身体を求められる以外に滅多に口を開かない夫との毎日。限界は近かった。

東京から逃げてきたうしろめたさも、慶應で学んできたという誇りも消え失せ、この頃の紀子はひたすら変化を待ち望んでいた。

母親が心筋梗塞《しんきんこうそく》で急逝したのは、結婚五年目の秋だった。ときを前後して、お腹に新しい命が宿っていることを医師から告げられた。母の死は紀子に予想もしなかった動揺を、妊娠はさらに人生を型に嵌《は》めようとするような、強烈な不安をもたらした。

和明に知らせず処理しようと考えたこともある。結局、出産に至るまで母となる覚悟を決めたことは一度もない。生むことを選んだのも流れに身を任せただけだった。勇気がなかったと言い換えられるのかもしれない。

出産の日、和明は法廷にいた。遠路はるばる駆けつけてきた姑を廊下で待たせ、激しい陣痛に耐えた。

果たして七時間後、手足を小さく丸めた赤ちゃんを激痛の中で生み落としたとき、直前まで抱いていた不安は消え去り、紀子の全身を言いようのない感動が包み込んだ。

意思とは無関係に涙がこぼれた。その小さな命が見せる泣き顔は、紀子の生きてきた三十年をすべて肯定してくれるようだった。

「おめでとうございます。元気な男の子ですよ」という看護師の声に呆然とうなずいて、紀子は手渡された赤ちゃんを胸に包んだ。

「ありがとう、ありがとう」

そうつぶやきながら、紀子は何度も心の中で名前を呼んだ。男の子という予感があったわけでも、和明と相談して決めていたわけでもない。

後年、本人からその意味を尋ねられて困惑することになるのだが、この瞬間に舞い降りてきた啓示としか答えようがなかった。

看護師に引き取られる直前、紀子はもう一度だけ男の子を抱いた。この子が力を授けてくれる。この子が私に命を宿す——。

紀子は赤ちゃんの顔を覗き込んだ。そして「ありがとう、俊哉」と、今度は声に出して名前を呼んだ。


運動部に所属した経験がなく、スポーツなどテレビで観る程度の和明と、本ばかり読んで学生時代を過ごしてきた紀子。そのどちらにも似ず、俊哉はよちよち歩きを始めた頃から〝超〟の付くほど快活な子だった。

いつも生傷を絶やさず、しかもその傷がどれほど深くても涙を見せず、俊哉はケロリとしていた。どこで知り合うのか、一歩外へ出れば必ず新しい友人を家に連れ帰り、どの子かもわからない紀子はいつも困惑させられていた。

わからずに、困ったのはそれだけでない。女子校育ちで、家にも妹しかいなかった紀子は、そもそも男の子の育て方を、もっというと男の子という〝生態〟をまるで理解できなかった。理屈で説明できないことばかり起きるのだ。

たとえば一度、たしかまだ俊哉が幼稚園の年少の頃だった。官舎となりの公園で、俊哉が真剣な表情で一人腕を組んでいたことがある。紀子が移動販売の牛乳を買っていたわずかな間のことだった。

「ねぇ、俊哉。何して……」

そう声をかけようとして、紀子は口をつぐんだ。あぐらをかく俊哉の前には、新聞紙が広げられていた。はじめは興味のある記事でもあるのだろうかと感心したくらいなのに、その上にはあってはならないものが置かれていた。黒く、細長く、乾燥した……。平たくいえば、犬の糞《ふん》だ。

何か良からぬことをするのではないだろうか？　そんな予感が胸を過ったが、あまりに真剣な顔をする息子を前に、止めることができなかった。いや、紀子は見てみたかったのだ。自分がお腹を痛めて生んだ子がどんな行動を起こすのか、この目で確認したかった。

近くの木陰に身を隠し、紀子は一部始終を見届けた。俊哉はしばらく新聞紙の上の汚物を睨みつけたあと、今度は躊躇することなく腕を伸ばした。いくつかある中の一番大きなモノをつまみ、それを太陽にかざし、宝石でも見つめるかのようなうっとりとした顔つきで、右から左から覗き込む。

それだけでも充分理解の範疇《はんちゅう》を越えていた。紀子が物心ついたときには、汚物を汚物として認識していたはずだ。それを手で触ったことなど一度もないし、もちろん俊哉も理解していないはずがない。

軽く落ち込み、しかしこれもまた好奇心の為《な》せる業だと強引に自分を納得させて、紀子は木の陰から飛び出した。

「ねぇ、俊哉。何して――」

冷静を装って声をかけようとして、紀子はまた口をつぐんだ。頭上にかざしていた犬の糞を、俊哉は再び新聞紙の上に戻した。そして今一度鋭く見つめ、今度は迷うことなくそれを口に運んだのだ。うすく目をつぶり、「ほっほ～」などと知ったような顔で、よりにもよっていつもより入念に口を動かしている。

紀子はその仕草に見覚えがあった。前夜一緒に見た旅番組で、あるタレントが函館にある〝伝説の寿司屋〟を訪ねていた。そこで〝伝説のウニ〟を食べたタレントの動きがあまりに芝居がかっていて、一緒に見ていた俊哉と二人で大笑いした。

「こ、これは……。なんというホウジュンな……」

やはりタレントの口ぶりを真似て独りごちる息子の後頭部を、紀子は無言のまま思いきり叩いた。目を丸くして振り向く俊哉の頬をもう一度張って、紀子はその口に手を突っ込んだ。

口の中で再び水気を含み、伝説のものによく似た形を取り戻したそれは、手の上でほんのりと熱を孕《はら》んでいた。不思議と汚いとは感じなかった。ただただ理解ができなかった。

なぜか階段の四段目だけをかじるクセを知ったときも、わざわざ大切なクリストフルのナイフを使ってカエルの死骸を解剖しようとしたときにも思ったことだ。しかしこのときほど、最愛の息子に恐怖を覚えたことはない。

「どうしよう。ホントに理解できないや」

俊哉がそんな調子にもかかわらず、いや、そんな調子だからこそ、結婚した当初の鬱々とした気持ちはいつの間にか晴れていた。

もちろん育児の悩みはたくさんあったが、そこには笑いが含まれていることが多かった。特筆すべきが汚物の一件で済む程度には、俊哉はいい子だったと思う。

噂ばかりが飛び交う田舎の空気も、官舎によくある値踏みされるような視線も、ほとんど気にならなくなった。本を読みたい、映画を観たいといった欲求も、気づいたときには消えていた。

俊哉を必死に追いかけ回しているだけで、久々に生きているという実感があった。あの日に抱いた思いは、どうやら間違ってなかったようだ。


そんな俊哉の様子が少しずつ変わっていったのは、和明の四つ目となる赴任先、大阪の小学校に入学した頃だった。

これまでの田舎町とは違った意味で、紀子は大阪という街に不安を抱いていた。大学で知り合う大阪出身者の中には会話の距離感がとても近く、良くも悪くも開けっぴろげな人が多かった。容赦なくこちらの領域に立ち入ろうとする彼女たちが、紀子はあまり得意ではなかった。

俊哉もそうした空気に当てられたのか。あれほど明るかった性格が、一年生の夏頃にはすっかり大人しくなっていた。友人と外で遊ぶことがめっきり減って、家で本ばかり開いている。

自分たち夫婦もそんな幼少期を過ごしてきた。驚くことではないのだろうが、あまりの変わりように二人ともあわてた。

とくに和明はかなり心配したようだ。

「おい、俊哉。お前、学校でイジメにあったりしてるんじゃないのか」

「え？」と口ごもる俊哉は、心から驚いている様子だった。しかし、正義こそが仕事の和明は追及の手を緩めない。

「いいから、言ってみろ」

「べつに。そんなことないけど」

「本当のことを言うんだ」

「いや、だって本当だもん。仲良いよ、みんなと」

それでも、和明は疑いの目を向け続けた。俊哉も頑として認めない。ヒリヒリとした時間がしばらく続いたあと、先に諦めたように息を吐いたのは和明だった。

「本当だな？　信用するぞ」

おずおずとうなずく俊哉を見つめて、和明はさらに続ける。

「だけど、それにしたってだな。お前、男の子なんだからなんかスポーツでもしてみたらどうなんだ。やりたい競技とかないのか」

そのとき、俊哉は力なく紀子を振り返った。紀子も俊哉が何を言いたいのかすぐにわかった。大阪に越してきてすぐの頃だ。「野球をやりたい」という俊哉の願いを、紀子はいっさい聞き入れなかった。

勉強に悪影響を及ぼすというのが一番の理由だ。そしてもう一つ、紀子には俊哉や和明に絶対に言えない「野球をやらせたくない」事情があった。かつての恋人、篠田功二郎が福岡から東京に移籍し、プロの世界で華々しく活躍していたことだ。くだらないエゴと頭では理解していたが、そんな競技をわざわざやらせたいとは思わない。

「僕、野球がやりたいよ」

あの日と同じことを繰り返す俊哉に、事情を知らない和明は表情を明るくした。二人の視線がゆっくりと紀子に向けられる。「でも、勉強が——」と口にしたまま、紀子はそれ以上何も言えなかった。

頭の中で色々な考えが巡った。本当はピアノをやらせたいし、ソロバン塾にも通わせたいと思っている。東大生の多くが幼少期にその二つを習っていたと、いつか雑誌で読んだことがある。そうでなくても、野球だなんて、そんな将来につながらない……。

そこまで考えて、紀子はハッと息をのんだ。いつか聞いた「野球選手みたいな、わざわざそんな将来のない仕事」という母の声が、胸の中によみがえる。

俊哉の目をきつく見据え、紀子は渋々と口を開いた。

「わかった。やるのはべつにかまわない。だけど、俊哉。一つだけ約束して。絶対に勉強をおろそかにしないこと。もし少しでも成績が落ちたら、そのときは容赦なく辞めさせるよ」

「何もそこまで……」と言いかけた和明を手で制し、俊哉はこくりとうなずいた。

「わかった。約束する」

「本当よ。簡単なことじゃないからね」

「うん、勉強もがんばるよ。僕、約束する」

俊哉は言い切った。隙を見せまいとするかのような、真剣な表情だ。その厳しい顔つきが自分にソックリだとあらためて感じられた。このとき、なぜか紀子は安堵《あんど》に似た思いを抱いた。


野球を始めたからといって、俊哉の性格が劇的に明るくなるわけではなかった。決して足が速いわけでなく、肩が強いわけでもない。紀子に似て年々視力も落ちていき、肝心のバッティングも振るわない。所属したリトルリーグチームが強豪だったこともあり、三年生になり、四年生に上がっても、俊哉は球拾いのままだった。

それでも俊哉は紀子との約束を守った。家では常に野球のことを話していて、部屋で勉強している様子はない。それなのに成績は上位をキープし続ける。授業に集中しているからと、本人は平然としている。

大変な思いをしたのは紀子の方だ。週末は朝早くから弁当を作り、グラウンドまで俊哉を車で送り届ける。そうして練習が終わる夕方まで他の母親たちと一緒に子どもたちを見守るのだが、紀子にはそれが苦痛だった。

俊哉が四年生に上がる直前、ある母親から「山田さん、お仕事か何かしてるん?」と尋ねられ、律儀《りちぎ》に答えてしまったのがいけなかった。

「それがやってないんですよ。夫の転勤がいつあるかわからないもので。本当は働きたいと思うのですが」

何気なく答えたつもりだったのに、その母親は大げさに仰《の》けぞってみせた。

「イヤやわぁ! そんな気取ったしゃべり方して。ほんならウチらの仕事手伝ってぇなぁ。ホンマ、試合の日なんか球場までの送り迎えが必要やし、ドリンク作るんも大変なんやで。サルの手も借りたいくらいなんやから」

「は、はぁ。そうですよねぇ……」と、〝猫〟と〝サル〟の言い間違いに引っかかりつつも、紀子は気圧《けお》されるようにうなずいてしまった。

学生時代に感じていた大阪人の気質が、否応なしに思い出された。振り返れば、上京してくる大阪人などカワイイものだったのかもしれない。子どもを野球チームに通わせる大阪の母親たちの、しかも我が子こそ一番と思っている彼女たちの我の強さに、紀子はいつも閉口させられた。

驚かされることは他にもあった。とくに紀子が面食らったのは、母親たちの間に存在する明確なヒエラルキーだ。夫の収入や社会的地位、本人の学歴など関係ない。子どもの野球の実力だけが、母親たちの立ち位置を決定づけていた。

土田一成という俊哉の同級生は、四年生にしてチームのエースピッチャーだった。野球素人の紀子の目にもその実力はあきらかで、ベンチでも先輩たちを差し置いてお山の大将のようにふんぞり返っている。が、それに輪をかけて傍若無人だったのは、その母親だ。

土煙の舞うグラウンドに必ず派手な服を着てきて、シャネルのサングラス越しに、息子の勇姿を眺めている。監督の手が空くと我先にと歩み寄り、指導法や選手起用を満面の笑みで褒め称《たた》える。「一成は絶対に山藤学園に入れるから」と、ことあるごとに大阪の野球名門校の名を挙げて、取り巻きの母親たちも「さすがやわぁ」「なかなか行けへん学校やで」と口々に持ち上げる。

紀子には何もかもわからなかった。わざわざ高い服を着てくる理由も、監督に必死にゴマをすっている意味も、偏差値〝40〟程度の学校に入れたがるワケも、まだ入ったわけでもないのにそれを羨む母親たちの心理も、紀子には理解できなかった。

補欠の母親と思われていたからか、それとも他の母親たちのようにすり寄らないためか、土田の母親はしばらく紀子と目を合わせようともしなかった。

はじめて声をかけられたのは、紀子が練習に参加するようになって三カ月ほど過ぎた夏休み中のことだ。昼食時、木陰に座る子どもたちの弁当を観察するように見回したあと、土田は突然紀子を向いた。

「山田さん、あかんわぁ。俊哉くんの弁当スカスカやん。これじゃ体力つかんで。もっと頭使《つこ》うて、気も遣ってやらんと」

はじめは自分に向けられた言葉だと気づかなかった。ようやくみんなが自分を見ていると知ったとき、紀子は怒りに全身を震わせた。野球の知識については何を言われてもかまわない。しかし、弁当だけは俊哉に恥をかかせまいと、がんばってきたつもりだった。

もともと料理は得意な方だ。俊哉が野球を始めてからは、少しでも力のつくものをと、栄養学の本を何冊も読み込んだ。吸収の良さを考慮し、バランスを考え、加えてこの炎天下での練習だ。傷ませないことまで考えて作った弁当を、子どもたちの目の前で腐される。

見れば、土田の息子の弁当には肉しか入っていなかった。唐揚げにハンバーグ、肉団子に薄切りの牛肉で巻いた山ほどのおにぎりと、見ているだけで胸やけしそうだ。

そうした中身が子どもたちに喜ばれるのは、百歩譲って理解できる。でも、母親たちまでもが口々に土田の言葉に賛同する。

「ホンマやね。山田さん、もっと気ぃ遣ってやりぃな」

「だから俊哉くん、万年補欠なんと違うか」

「その点、一成くんは身体がちゃうもんね。骨太やし、あれならたしかに速いボール投げられそうやわ」

紀子は唇を噛みしめながら、母親たちの品のない笑顔を眺めていた。まるで母親失格の烙印《らくいん》を押すかのような言われようだ。いつか土田のいないところで、この母親たちが彼女のことを「野球バカ」と罵っていたのを紀子は知っている。

不意に涙がこみ上げた。あわてて視線を落とすと、俊哉が笑顔で見上げている。励ましてくれるように数回うなずいた俊哉を見て、紀子は懸命に顔を上げた。こんなところで泣くわけにはいかなかった。

私たちは決して脇役の補欠じゃない。私の人生では俊哉だけがレギュラーであり、主役なのだ。あなたたちの方こそ脇役だ――！

心の叫びが、今にも口から出そうだった。無意識のうちに〝Ｈｅｙ Ｊｕｄｅ〟を口ずさんだのは、その日の夜だった。「知らない曲だね。何ていうの？」と、リビングで俊哉に問われ、ようやく紀子は自分がその曲を歌っていたことに気がついた。

すぐに篠田のことが脳裏を過った。言うべきことではないとも思ったが、紀子は柔らかい笑みを俊哉に向けた。

「ビートルズっていうカッコイイバンドのね、〝Ｈｅｙ Ｊｕｄｅ〟っていう曲。お母さんの一番好きな歌なんだ。絶対にうつむくな、そしたら悲しい歌も明るくなるよ。きっと前向きになれるはずって、そんな歌詞だったかな。なんか今のお母さんに向けられてるみたいだね」

わずかに声がかすれていた。俊哉は聞かないフリをするように、いつの間にかテレビを見つめていた。

紀子はその頭を優しくなでた。野球にどっぷりと浸るのを嫌い、丸刈りにすることだけは認めなかった。

その柔らかい髪の毛が、ふわりと手にまとわりついた。

結局、六年生になっても俊哉はレギュラーになれなかった。監督が出場を約束していたはずの最後の試合も、予想外の接戦にもつれ込み、名前が呼ばれることはついになかった。

俊哉は誰よりも大きな声でベンチから応援し、負けたあとも一人笑顔で選手たちを励ましていた。懸命に堪えていたはずの涙があふれ出たのは、監督からの詫びもなく、仲間からのねぎらいの言葉もないまま戻ってきた、自室のベッドの上だった。

紀子はかける言葉が見つからなかった。ただ、やはり俊哉の頭をなでながら、ようやく終わったと安堵した。春からの、和明の横浜市への赴任が決まっていた。やっと逃げることができるのだ。大阪からも、野球からも、そしてあの母親たちからも……。

官舎を避け、新居は日吉のマンションを借りることに決めた。それもあって引っ越し直前の二月上旬、なかば腕試しのつもりで俊哉に慶應の普通部を受けさせた。結果は残念ながら不合格。野球ばかりで、そのための準備はしていない。仕方がないと理解はできたが、紀子は歯嚙みせずにはいられなかった。

意外にも、俊哉もひどく悔しがった。目に涙を溜め、紀子に「ごめんなさい」と頭を下げる。聞けば、両親が時折語る母校の話に、自然と自分も慶應に入らなければならないと思うようになったという。

俊哉は高校受験でのリベンジを誓った。紀子は喜び、可能な限りのサポートを約束した。だからこそ、俊哉が入学した公立中学校で当然のように野球部に入り、髪の毛を丸く刈ってきたことは、紀子にとっては裏切りに等しかった。

「なんでよ？　楽しいことなんて一つもなかったじゃない。なんでわざわざ野球なんかするのよ！」

そう叫ぶ紀子を、俊哉は不思議そうに眺めていた。

「なんでって。野球が好きだからに決まってるじゃん」

「でも、あなた野球の才能はないじゃない。もっとふさわしい何かがあるはずよ」

「才能とか、ふさわしいとかどうでもいいよ。大丈夫、必ず高校で慶應に入るから。勉強はするよ。だから僕は野球をやる」

俊哉に身長を追い抜かれたのはこの頃のことだった。前後して、俊哉はほとんど家で口をきかなくなった。毎晩遅くまで練習し、たまの休みに塾に通う。山盛りのご飯をかきこむとすぐに部屋に引っこんで、夜が更けるまで机に向かう。

それを成長というのだろうか。俊哉の急激な変化に紀子は対応できなかった。日々伸びていると錯覚しそうな身長におでこのニキビ、のど仏、声変わり。そしてうっすらと生えているヒゲに、体毛……。

口数は日を経るごとに減っていき、他人になど興味がないかのような仏頂面《ぶっちょうづら》。そのくせ、たまにグラウンドに足を運ぶと俊哉は誰よりも楽しそうに声を出していて、買い与えたパソコンには山ほどのアダルト動画が入っていた。

疲れ果てて学校から戻った俊哉に、一度だけ「もうそろそろ部活は辞めたら？」と言ったことがある。そのとき俊哉は驚くほど鋭い視線を紀子に向けて、小さく舌打ちまでした。そして自室に入る間際「うるせー、ババァ」と言ったのだ。

「それが思春期っていうもんだ。気にするな」

和明は笑っていたけれど、紀子にはやはり理解できなかった。ひょっとすると理解したくなかっただけかもしれない。

自分はとっくに俊哉にとっての世界ではない。充分すぎるほどわかっているその事実を、本人に突きつけられるのが恐かった。

俊哉は部活に、勉強にと熱心に取り組んだ。そんな生活をずっと続け、その努力を紀子も認めてあげたかったが、最後の夏の大会ではベンチ入りメンバーから漏れ、高校受験にも失敗した。慶應へのリベンジは果たせなかった。

　俊哉がどれだけがんばってきたかを知るだけに、責めようとは思わなかった。それでも入学した第二志望の京浜高校でも野球をやりたいと言い出して、しかもその野球部が強豪で、全寮制であるという話を聞かされたときは、紀子は怒りを通り越して頭の中が真っ白になった。

「▽◎☆●∧♀▼♭◎★♂！！！」

　自分でも何を言っているのかわからなかった。俊哉はつまらなそうに下を向いた。すぐに笑い出したのは和明だ。

「なんだ、今の。ツィゴイネルワイゼンって聞こえたけど。いや、お母さんが何を言ったのかはわからないけど、お父さんも今回の野球部入りには反対かな。お前の夢ってなんだ？　慶應に入ることだろ？　慶應で野球をやりたいって言ってたじゃないか。だったら高校で野球部に入ることがその近道とは思えないな」

　俊哉は口惜《くちお》しそうに顔を背けた。和明はおかしそうに笑い続ける。そして、何かのタイミングを見計らうようにして、大げさに数度うなずいた。

「ええとさ、実は俊哉には少しだけ相談したんだけど、お母さんにも聞いてもらいたい話があるんだけど、いいかな」

その態度はあきらかにいつもと違っていた。大阪から横浜へ移るとき、もし俊哉が学校に通っている間に次の異動があれば、そのときは単身赴任という話をしていた。きっとそういう種類のものだろうと、紀子は少しだけ姿勢を正した。転勤ばかりの裁判官の妻として、自然と身についたクセだった。

微笑みを絶やさないまま、和明はゆっくりと切り出した。

「俺、仕事辞めようと思ってるんだ。岐阜時代に世話になった人が定年になって、今度こっちの公証役場に移ることになって、俺の席も用意してくれるっていうんだよ。こんな根無し草みたいな生活を続けているのもどうかと思ってたし、俺たちもちゃんと家をかまえて、そろそろ家族三人でさ――」

後半の言葉はほとんど耳に届かなかった。気を抜くと、すぐにでも涙がこぼれそうだった。こんな大切な話をヘラヘラと……。男二人で共有して、私にはついでのように説明して……。

卑屈な思いがあふれてくる。それでも紀子は顔を上げた。どうせ出世の芽がなくなっただけのことでしょう？　そんなイヤミも噛み殺した。

「あなたの好きにすればいいと思います。ご飯を食べさせてもらっているんです。私たちは従うしかありません。ただ、俊哉の野球部は絶対に認めません。だって、そうでしょう。約束を守れなかったんだから。慶應に入ることができなかったんだから」

俊哉が睨んでいるのはわかっていた。紀子も逃げようとはしなかった。和明は呆れたように息を吐いて「ま、そういうことだから。よろしくな」とつぶやいた。

その夜から、俊哉は当てこすりのように勉強を始めた。口数をさらに減らし、目さえ合わせない。こっそりと軟式の野球部には所属し、和明の転職を機に八王子に越してからは無断外泊も増えたが、家にいるときは自室に籠《こ》もり、遅くまで勉強している。

夜食も、飲み物も、紀子は部屋の前までしか届けられなかった。もちろん礼など言われなかったが、朝起きて空の食器が廊下に置かれていれば、それだけでホッとした。

高校時代の三年間、家族としての記憶はほとんどない。高校生という貴重な時期を〝過程〟として扱わせてしまったのではないだろうか。そんなうしろめたい思いはあったが、野球部入りを認めなかったのが間違いだったとは思わない。

それを確信したのは、俊哉が高校三年生になった夏休みだ。俊哉の通う京浜高校が甲子園に出場し、ボンヤリとその試合をテレビで眺めていた。相手の「山藤学園」という名前にも聞き覚えがあった。その性格のきつそうなエースピッチャーを見て、紀子は腰を抜かしそうになった。

試合中、画面が応援スタンドに切り替わった。そろいのピンクのTシャツを着た母親集団の真ん中に、見慣れた顔が陣取っている。女子アナウンサーがマイクを向けた。

――山藤学園のアルプス席にはエースの土田くんのお母さんです。どうですか、息子さんがんばってますね。

「ありがとうございます。小さい頃からの夢舞台なので、悔いを残さないようがんばってほしいと思います」

――京浜高校の星投手もいいピッチングをしています。

「そうですね。星くんは高校ナンバーワンのピッチャーですので。でも、山藤はチームワークが売りのチームです。絶対に負けません」

――では、最後に土田くんに一言お願いします。

アナウンサーがそう向けると、土田の母は勢いよく立ち上がった。周囲を取り巻く母親たちもそれに続き、全員でピンクのメガホンを突き上げる。「私たちも絶対に負けないぞ。がんばれ、一成！」と言う土田に合わせ、いっせいに『がんばれ、山藤！』と声を張り上げた。

狂信的にも見える母親たちの中には、あきらかに気後れしている人、苦々しい顔をする人の姿もあった。きっと補欠の子たちの母親だろうと、紀子はすぐに察した。

この日、俊哉は一度も自室から出てこなかった。夕飯の時間になっても、風呂が沸いても、部屋からは物音一つ聞こえてこない。

異変に気づいたのは翌朝になってのことだ。予備校の夏期講習に向かう俊哉の髪が青く刈り込まれている。俊哉はほとんど数年ぶりに紀子に目を向けた。それは中学時代に野球部を辞めるように言ったとき、そして高校で野球部入りを猛反対したときに見せた、あの刺すような視線と同じだった。

この夏の日から半年後、俊哉は見事に慶應に合格した。文、経、法、商と、受験した四学部すべてに合格するという、完全なリベンジだ。もちろん嬉しくて仕方がなかったが、紀子は一緒に喜ばせてはもらえなかった。そもそも俊哉が喜んでいたのかも知らないのだ。

「俊哉のやつ、野球部に入るって言ってるぞ。もう今回は止めなくていいよな。止めるわけにはいかないよな」

紀子の機嫌をうかがうように、和明は言った。高校で野球部に入れなかったのが紀子の一存かのような言い草に、腹が立つ。

「好きにしたらいいじゃないですか」

「おいおい、そんな言い方」

「だから、野球をしたいのならすればいいって言ってるんです。私に止める筋合いはありません」

「筋合いって、お前な」

「でも、私は絶対に関わりませんので。何があっても野球とは距離を置きます。もうあんな思いをしたくないんです。俊哉が軽く見られるところを私は見たくありません」

和明は大きく肩で息を吐いた。そんな呆れた仕草を見せられなくても、自分がおかしいことくらいわかっていた。

このとき思い出したのも、やはり母のことだった。自分では何も持たない母は、いつも紀子に何かを託そうとしていた。

そんな母親をずっと憎み、蔑んでいたはずなのだ。それなのに、自分はいつからあの子に思いを委ねていたのだろう。

「ああ、そうか――」

和明に聞こえない程度の小さな声で、紀子はこぼした。手に、俊哉をはじめて抱いた日の体温がよみがえる。きっと生まれたときからだ。この子が私に命を宿す――。そう勘違いした瞬間から、きっと私は間違っていた。

今の私には何もない。イヤになるほど何もない。そう思うと、卑屈な笑みが自然と漏れた。

大学入学以降の俊哉のことは、ほとんど和明から聞かされた。練習のために単位の取りやすそうな経済学部を選んだこと。一部の有力選手にしか入寮が許されないため、日吉にアパートを借りること。同級生に京浜高校で四番を打っていた柴田博嗣という選手がいること。大学野球のレベルは非常に高く、簡単にベンチ入りはできそうにないこと。

それでも絶対に四年間やり抜いてみせると、久しぶりに明るい表情を見せているということ……。

和明は暇さえあれば神宮に通った。俊哉が出場するわけでもないのにと、紀子はかたくなに足を向けなかった。

盆暮れと、俊哉が家に戻るのは年に二回もあれば良い方だ。会話はまったく弾まなかったが、学年が上がるにつれ、俊哉の態度から少しずつ棘が消えていくのは感じられた。顔つきは年々精悍《せいかん》になり、話す内容も大人びたものになっていく。四年生になり、ようやく入寮のメンバーに選ばれた頃には、ハッキリと紀子にも優しい笑みを向けてくれた。

そんなとき、紀子はふと何かを期待しそうな自分に気づいた。そのたびに、そうじゃないのだと、強く自分に言い聞かせた。いつも母のことを思い出した。

七球団の競合の末、銀縁くんをかつての恋人が引き当て、慶應からは柴田が指名を受けたドラフト会議の数日後。俊哉にとっての最後の試合、慶早戦が目前に迫り、和明は目に見えてそわそわし始めたが、紀子にとってはいつもと変わらない毎日だった。

その金曜日も、淡々と一日が過ぎていった。前日からの雨が夕方豪雨に変わり、薄手のセーターを羽織っていないと寒い夜だった。和明は風呂からなかなか上がらず、紀子は一人リビングで季節外れの寒波を伝えるニュースを眺めていた。

家の電話が鳴ったのは、そのときだ。

『ああ、もしもし、お母さん？』

俊哉の声は少しだけうわずっていた。あの子が自分に電話をかけてきたことなど、この四年間に一度もない。

「あ、お父さん、今お風呂入ってる。出たらかけ直すように言おうか」

冷静を装って伝えると、俊哉は意外なことを口にした。

『いや、違うんだ。お母さんでいい。あの、親父にも伝えといてほしいんだけどさ、今週末、二人で神宮に来てくれないかな』

「神宮……？」

胸がトクンと音を立てる。

『俺、はじめてベンチ入りメンバーに選ばれたんだ。慶早戦だし、これで最後だし。試合に出られるわけじゃないんだけど、ほら、二人にとっても母校でしょ？　できればお母さんにも見てほしくて』

俊哉は紀子の返事を待たずに続けた。その照れたような声を聞いた瞬間、身体が小刻みに震え出した。

『あのさ、いきなりであれなんだけど、お母さん、これまでありがとね。それと、いつかはひどいこと言ってごめんなさい。これで野球は最後だから。うん、ホントにありがとう』

不意に静寂が受話器を伝った。紀子には理解できなかった。どうして今になってそんな言葉をかけるのか。あの刺すような視線を向けてきた息子と、テレビ画面の向こうでおちゃらけていた俊哉、そして唐突に殊勝《しゅしょう》なことを口にするこの子とが、同一人物の気がしない。男の子がわからない。

その謎解きをするように、俊哉は言った。

『今日、監督に褒められたんだ。ムードメーカーとしてよくまとめてくれたって。だからベンチに入れてやるって。お母さんも知っている通り、俺、ホントはそんなキャラじゃないのにさ。必死に大きな声を出してきて良かったなって思ったよ。それで、やっぱりこれはお母さんのおかげだよなって思ったんだ』

一瞬の間があった。ツバを飲む音が聞こえてくる。

『絶対にうつむくな、つらいときでも声を出せ。そしたらきっと報われる。あのときのお母さんの言葉、わりと俺の座右の銘だったりしてさ。だったら清算しとかなきゃまずいよなって。お礼くらいしとかなきゃ、やっぱりベンチには入れないよなって思ったんだ』

はじめ、紀子はなんのことだかわからなかった。それが紀子の言葉などではなく、ビートルズの、しかも〝Ｈｅｙ Ｊｕｄｅ〟の歌詞の一節でありながら、俊哉がメチャクチャに覚えたものだと気づいたのは、電話を切ったあとだった。

最後にどんな言葉を交わしたのかもわからないまま、紀子は号泣していた。こんなに泣くのはいつ以来だろうとふと思い、俊哉を生んだ日のことが頭を過る。

バスタオルを腰に巻いた和明が風呂から出てきた。跪《ひざまず》き、大泣きする紀子にギョッとした表情を浮かべたが、手に持った受話器から何かを悟ったのだろう。口もとに笑みが広がっていく。その通りだと紀子がうなずくと、和明はついに飛び上がった。

「やったー、やったー！　俊哉のヤツ、でかしたな！」

子どものように飛び跳ねる和明をよそに、紀子は吸い寄せられるようにテレビに目を向ける。天気予報が流れていた。

降水確率五十パーセントという明日の予報を見て、紀子は快晴を、俊哉の晴れ舞台にふさわしい天気になることを心から祈った。


学生時代にも行かなかった、人生ではじめての神宮球場、慶早戦は、試合前から熱気に満ちていた。

紀子は自ら進んで慶應側の応援席に向かった。周りを学生に囲まれた席に腰を下ろして、手渡されたメガホンを振る。久々に耳にする慶應の応援歌、『若き血』に合わせて強く叩く。これが大学野球の雰囲気なのか。それとも慶早戦特有の、あるいは星や柴田の最後の一戦に対する期待なのか。球場全体が波を打つように揺らいでいる。

先に早稲田のスタメン発表が行われ、予想通り、星の先発が公表されると、スタンドの熱は一段と高まった。

球場全体がにわかにざわついたのは、慶應のスタメンが発表されたときだ。『四番、レフト、安藤くん――』と、当然期待された「サード、柴田」の名が呼ばれず、微妙な空気が流れ始める。

五番、六番、七番……と、柴田の名前は一向に呼ばれなかった。「こりゃスタメンじゃないかもな。柴田くん、足をケガしているようだったし。星くんとの対決は楽しみだったけど」と和明が解説してくれる。

他人事のような口ぶりだったが、紀子には確信があった。今日の、この瞬間のためだったのだ。俊哉が主役になるのは今日なのだと、手のひらに汗がにじんだ。

重い雲にわずかな裂け目ができた。まるで願いが通じたかのように、柔らかい秋の陽がグラウンドに差し込んだ。そして、もう一つの願いの方も。それは一瞬の出来事だった。

『九番、サード、山田俊哉くん。サード、山田くん。京浜高校。背番号39』

一瞬、球場が水を打ったように静まりかえった。次の瞬間、今度は嵐のようなブーイングが紀子の耳をつんざいた。

よほど星と柴田の対戦を期待していたのだろう。あろうことか、慶應のスタンドからも非難めいた声が飛ぶ。「誰だよ、山田って！」「慶應にそんな選手いたか？」「京浜高校って、星と一緒か？」。そうした雑多な声をかき消すように、再びブラスバンドが奏でる『若き血』が聞こえてくる。

うなずき、微笑み、導かれるようにして紀子は立ち上がり、胸を張った。脇役たちは黙っていなさい――！　そう心の中で雄叫びを上げて、となりの見知らぬ学生と肩を組んだ。

応援歌の歌詞はスラスラと口をついた。やっぱり私の愛校心は相当なものだ。「陸の王者」のくだりには、全身が震えた。

グラウンドでは「背番号39」が黙々とバットを振っている。紀子の目には〝主役〟の姿しか映らなかった。

秋季リーグ戦 星取表

	早大	慶大	立大	明大	法大	東大
早大		○	●○○	●○○	○●○	●○○
慶大	●		○○	●●	●●	●○●
立大	○●●	●●		●●	●●	●●
明大	○●●	○○	○○		○●○	○○
法大	●○●	○○	○○	●○●		○●●
東大	○●●	○●○	○○	●●	●○○	

伝統の早慶戦、先勝は早稲田

早稲田が勝ち点を挙げれば完全優勝となる早慶戦1回戦。地力に勝る早稲田は序盤から打線がつながり、効率的に加点。エース・星隼人（4年・京浜）も本調子ではなかったが、要所を締めるピッチングで2失点完投勝利。慶應は主軸の柴田博嗣（4年・京浜）の欠場、そして再三のチャンスでの拙攻が響いた。今日の2回戦で早稲田が勝てば、3季連続となる優勝が決まる。【長岡平助】

①早大1勝

慶大	0	0	0	1	0	0	1	0	0	2
早大	0	2	1	0	0	4	0	2	×	9

（早）星―田中　（慶）近藤、原―杉山
▽本塁打　西（早）

主砲の代役、慶應・山田が三回に退場

右足首の痛みを訴えた柴田に代わり、この試合でスタメンに抜擢されたのは山田俊哉（4年・京浜）。星や柴田と高校時代の同級生だが、当時は軟式野球部に所属。一般入試で慶應に入学した努力家だ。ムードメーカーとしての性格を買われ、4年生にして初のスタメン出場を果たしたが、三回に相手打球が股間を直撃。そのままグラウンドには戻れず、満員に膨れあがった慶應スタンドの期待に応えることは出来なかった。

第6週　都の西北で見上げた空は

最後のシーズン、最後の早慶戦、そして星隼人にとってきっと最後のリーグ戦登板。そうした感慨を何一つ持てないまま迎えた対慶應一回戦は、隼人の思いと同様、たいして盛り上がることなく過ぎていった。

ブルペンにいるときから調子は最悪だった。前夜からの冷たい雨に古傷の股関節がシクシクと痛む。球場入りする前に携帯電話で調べた予報は、雨のち曇り。予想最高気温は冬並みの十三度。吐く息が白くないのが不思議なくらいだった。

投球練習中、控えのキャッチャーからボールを投げ返されるたびに、隼人はメガネ越しに重く垂れ込める雲を眺めた。

結局最後まで熱くなれなかったとはいえ、これが最後の神宮だ。せめて最高のコンディションでと中止を願っていたにもかかわらず、開始時間が近づくにつれ、雲の切れ間から陽が差した。「気を切らすな。やるつもりでいろよ」と、やけに煽ってくる学生コーチの声もむなしく、集中力を呼び起こすのに苦労した。

試合が始まっても、身体は温まってくれなかった。とくに股関節の筋肉は一向にほぐれない。下半身の粘りが利かず、上体の力だけで投げているのが自分でもわかる。必然ボールはうわずり、コントロールは安定しない。

それでも抑えられてしまうのが、所詮は大学野球のレベルだった。「なんだ、これ。こんなもんか」と、マウンドでこぼしたのは早稲田に入学して間もなく、一年春のオープン戦だった。

対戦するほとんどの打者が「銀縁くん」という自分の背景にのまれているのが見て取れた。そうでなければ、打って目立ってやろうと気負っているかのいずれかだ。試しに前者には内角高めにストレートを、後者にはおちょくるようなスローカーブを放ってみると、面白いように打ち取れた。

リーグデビュー戦として騒がれた東大戦でのノーヒットノーランを皮切りに、一年春の五勝、秋の三勝と、順調に勝ち星を積み重ねていくことはできた。その都度、メディアは沸き、スカウトの評価も上がったが、そうした声を聞くほどに隼人の心は塞いでいった。

四年間、より高みを目指し、練習を怠ったつもりはない。それなのに自分が成長しているという感覚に乏しかった。心が一向に熱くたぎらないことが、隼人はいつも不満だった。もっと言えば、常に孤独に抗っていた。

そんなとき、隼人には必ず思い出す試合があった。高校三年の夏、神奈川県代表の京浜高校のエースとして乗り込んだ、甲子園の決勝戦だ。

ずっと目立つことを嫌っていたはずの自分が、気づいたときには大観衆の中心にいることに酔いしれていた。前日までの激しい疲れが嘘のように消え失せ、なぜか回を追うごとにキレを増していくボールに、隼人自身が痺《しび》れていた。

思えば、メディアから「勝利の儀式」などと命名された動きを最初に見せたのも、あの試合の中だった。

延長戦に突入するイニング間、甲子園のマウンドで空を見上げたのは、無意識の行為だ。両腕を大きく広げ、目をつぶる。自分に向けられた歓声を肌で感じ、地面が揺れていることをたしかめる。気持ちの昂りをギリギリまで堪え、目を開くと、今度は爆発するような咆哮《ほうこう》が腹の底からこみ上げた。

自分に宿っている神通力のようなものをたしかに感じた。口もとに小さな笑みが自然と漏れた。

あの灼熱の甲子園の日、久しぶりに心から野球が楽しいと感じられた。大学でもあの夏の胸の昂りを求めていたし、それ以上のヒリヒリとした感情を味わえるものとどこかで期待していた。試合前にマウンドで〝儀式〟を続けたのはそのためだ。

しかし、大学での四年間はひたすら虚《むな》しさとの戦いだった。細胞が躍動しない。チームメイトに同志という感情を抱けない。プロへは進まず、白色の早稲田のユニフォームを身にまとい、太陽の下の神宮で投げていることの意味を自問するたび、孤独に苛まれた。それでも試合には勝っている。

この慶應との一回戦はその象徴のようだった。仲間たちは初戦の勝利に喜びを爆発させていた。神宮から東伏見《ひがしふしみ》に戻るバスの中で、到着した寮の食堂で、誰かが「絶対に明日決めるぞ！」と叫べば、誰かが「明日だ！」と呼応した。そうしたみんなの様子は、一人冷めた隼人の目には異常にも映った。

夜になり、ミーティングで監督の話を聞いている最中も、マネージャーから伝達事項を受けているときも、隼人は上の空だった。

今季の早稲田と慶應の間には、あきらかな実力差がある。明日先発予定の三年生投手は開幕以来ずっと好調だし、打者たちもよく振れている。普通に臨めば、取りこぼす試合ではない。

脱いだ背番号「18」のユニフォームを見つめながら、隼人はかぶりを振った。本当にこれで自分の大学野球は終わったのか？　そんな問いを自分に向けては、今さらながら取り返しのつかないことをした気がした。

ミーティングが終わっても、仲間たちは食堂に居残り、それぞれの明日に懸ける思いを口にしていた。そんなみんなを避け、隼人は気づかれないように部屋を出た。仲間たちと空気を共有できないのはいつものことだ。

寮を出た途端、さらに冷たさを増した風に背中が震えた。左腿付け根の手術痕がかすかに痛む。

導かれるように、隼人は近くの武蔵関公園に向かった。入部して以来、思うことがあるたびに通った公園だ。そして園内にある富士見池を見つめては、必ず深いため息をこぼしてきた。

北からの風に水面が揺れている。どんなに抗ってみても、十一年前のあの日のことがよみがえる。寒さを感じるたびに、脳裏をかすめてきたあの日のことだ。

隼人は目を伏せた。自分が早稲田で野球をしなければならなかった理由が、ゆっくりと瞼《まぶた》の裏に広がった。

◇

隼人の通う横浜市内の小学校は、サッカーの盛んな地区にあった。多くのクラスメイトがそうだったように、隼人もまた三年生までは町のサッカーチームに所属し、毎日汗を流していた。

そんな隼人をなかば強引に野球の道に引きずり込んだのは、幼なじみの北澤祐介だ。

「なぁ、隼人。野球だって。絶対に野球だよ！」

そう言った祐介の筋肉質の身体と、それに似合わない分厚いメガネの奥の目を、隼人は鮮明に覚えている。

「野球？　やだよ、ダサいじゃん」

「ダサいって、何が？」

「わかんないけど、なんかダサい」

祐介は気にするでもなく、逆に不敵に笑った。そしてその口から出てきたのは、隼人でも知っている甲子園や、プロ野球のことではなく、それまで存在さえ知らなかった大学野球のことだった。

「昨日、３チャンネルで観たんだけどさ。六大学野球ってとにかくすごいんだ。神宮球場ってめちゃくちゃカッコイイんだぜ。なぁ、隼人。俺と一緒に早稲田大学に行こうよ。二人で早稲田に行って慶應を倒そうぜ」

祐介は一気にまくし立てた。隼人の方は言葉の意味さえよくわからない。「六大学」も「神宮」も「早稲田」も、ひょっとするとすべてこのときはじめて聞いたものかもしれない。少なくとも意識したのははじめてだった。

首をかしげる隼人に、祐介は苛立ちを隠さなかった。そして「これはビデオを見せた方が手っ取り早いな」などとぶつくさ言って、強引に隼人の右手を引っつかんだ。連れていかれたのは祐介の自宅だ。ソファに座らされ、隼人はワケのわからないまま何かが始まるのを待った。

祐介はビデオをセットすることさえもどかしそうだった。その間に年若い祐介の母が紅茶とシュークリームを運んできてくれたが、隼人が他の何かに気を取られていたのはそれまでだった。大画面に白のユニフォーム姿が映し出された瞬間、隼人の意識はすべてそこに集中した。

背番号「18」をつけた早稲田の左投げのピッチャーが、汗も拭わずに黙々と投げていた。そのボールを、慶應の各打者が容赦なく打ち返した。

しばらくの間、どちらが勝っていて、負けているのかさえわからなかった。ただ、すべてに興奮した。投げて、打って、守って、走って。それだけじゃない。試合に出ていないベンチの選手や、スタンドで応援している人たち、バットやグローブなどの野球用具に、神宮球場そのものさえ、幼い隼人の目にはカッコ良く映った。ふと「ピッチャーとは傲慢なものですね」というアナウンサーの声が耳に入った。

祐介がなぜ「早稲田に！」とこだわるのか、映像を見ていればわかった。グレー地のユニフォームの慶應は、たしかに隼人たちには敵役にしか見えなかった。一方の早稲田の白は正義の象徴のようだった。その試合は慶應が大勝した。早慶戦で勝利を収めて、グレーのユニフォームが優勝を決めた試合だった。

「どう？　すごいだろ？」と、うかがうような祐介の声に、我に返った。隼人はゆっくりと祐介に顔を向けて、高揚を隠しきれないままうなずいた。祐介の表情が明るく弾けた。

「だよな！　なぁ、隼人。やっぱり二人で早稲田を目指そうぜ。野球やって、早稲田に入って、一緒に慶應をやっつけようよ！」

隼人はなんとなく祐介の母を仰ぎ見た。まだ二十代の祐介の母は優しく微笑み、隼人に何度かうなずきかけた。

その笑顔に釣られるように、隼人もはじめて白い歯を見せた。「うん、いいよ」という隼人の返事に、祐介はすぐに喜んだ。しかし、隼人はそれを手で制す。

「僕がピッチャーならやってもいい」

隼人の続けた言葉に、祐介は眉を釣り上げて抗議する。

「ダメだよ！　ピッチャーは俺だって！」

「やだよ。僕がピッチャーで、祐介はキャッチャー。それでいいなら野球をやる。早稲田に行って、慶應を倒す」

隼人は言い切った。祐介はたちまち眉間にシワを寄せ、難しそうに腕を組んだ。後にも先にも、あんなに真剣な顔の祐介を見たことはない。

祐介は渋々といった感じでうなずいた。

りじゃん」

「もう、わかったよ。けどさ、キャッチャーってなんかダセェよな。だってデブばっか

そう先入観で言って、悔しそうに右手を出してくる。少しの間その手を見つめたあと、

隼人は左手を差し出した。

「僕、左投げだから」

祐介の顔にじわりと笑みが広がった。「ピッチャーってホントにゴウマンなんだな！」というアナウンサーのセリフを繰り返し、すぐに真剣な顔で首を振った。

「でも、ダメだ。左手はダメ」

「なんでだよ？」

「隼人がこれから本気でエースを目指すなら、左手は何があっても守らなきゃダメなんだ。約束しろよ。ピッチャーにとって利き腕は命の次に大切なんだぜ」

どこで覚えてきたのだろう。そんな大げさなことを言い放って、祐介は隼人の右手をつかみ取った。

祐介の母は頼もしそうに二人のやり取りを見つめていた。

「お母さん、すごい場面に立ち会っちゃったかもしれないね。二人が本当に神宮で野球をしているの見たら、泣いちゃうかもね」

優しい声が、ゆっくりと隼人の胸に染み込んだ。

◇

武蔵関公園から寮に戻り、部屋をノックすると、中から「どうぞー」という甲高い声が返ってきた。静かに戸を開くと、同学年の庄司《しょうじ》琢郎《たくろう》が怪訝《けげん》そうに口をすぼめる。

「そんな今にも凍えそうな顔をして。また公園に行ったのか？　夜の外出は控えろって言ってるだろ」

隼人は素直に謝り、部屋の奥に置かれているマッサージ台に寝転んだ。学生トレーナーの庄司は、隼人の夜の外出を知る数少ない人間の一人だ。一度、散歩が長引きミーティングの時間に遅れそうになったとき、「ふざけるな、お前は普通の学生とは違うんだぞ！」と激しく叱られたことがある。

もともとは早稲田の付属校から選手として入学し、隼人の知らない間にトレーナーという役職に就いていた。選手時代にはほとんど口をきいたことがなかったが、それをきっかけに、はじめてマッサージを頼んでみた。

その日、何かをたしかめるように全身を指圧したあと、庄司は「左の股関節なんだよな」とつぶやいた。大学入学以降はとくに古傷のことを誰かに明かしたことはなく、隠し通せている自信もあったので、庄司のハッキリとした口調は意外で、不思議と心強くも感じられた。

　庄司の部屋にはたくさんの本が積まれている。メンタルトレーニングのものから、人間工学のものまで。部屋を訪ねるたびにその数は増えていて、いったいどれほど勉強しているのだろうと素直に頭が下がる思いがした。身体の調整だけでなく、より理に適った投球フォーム、栄養管理、睡眠のリズムと、いつからか多くの面で隼人は庄司を頼るようになっていた。

「俺、結局最後までダメだったな」

　左肩を入念にマッサージしてもらいながら、隼人は今日の試合を振り返った。

「そう？　ナイスピッチングだったじゃない。悪いなりに試合をまとめられるのが星のすごさだと俺は思うよ。それにまだ最後じゃないぞ。明日だって投げるかもしれないんだ。準備だけはしておこうよ」

　庄司は一息にそう言って、話は終わったとばかりにスウェットの裾をまくった。隼人もかけていたメガネを外し、息を吐く。

　マッサージを受けている間、ふと半年前のことを思い出した。「プロに入ったら、できれば自分の専属に」と、庄司を誘った日のことだ。

　きっと喜んでくれると信じていた。だから、人科系の大学院への進学を理由に庄司に断られたとき、隼人は事を把握するのに時間がかかり、そしてまた大切な何かを失ったような気がした。

そのあとに続けた庄司の言葉も、隼人の胸をざらつかせるものだった。

「俺はまだお前との間に信頼関係が築けてないからさ。なんでお前がいつもマウンドでつまらなそうにしているのかとか、その左足の手術痕は何なのかとか。知らないことが多すぎるよ。一人で抱えるのはちょっと傲慢だよ。お前の人生に乗っかろうと思えるのは、俺がお前の正体を知ったあとのことかもしれないな」

その日のことを思いながら、ウトウトとしかけた。気づくと、庄司は隼人の左足を肩に載せて、大きく上げ下げしていた。

右足は腿が腹にベッタリとつくほど柔らかいのに、左足には可動域があまりない。少し身体側に倒そうとしただけで、冷たい痛みが付け根に走る。「実際のケガの後遺症より、脳に刻まれた恐怖感」と、いつか庄司は決めつけるように説明した。たしかにそうかもしれないが、実際に左足を深く押し込まれると、顔は自然と引きつってしまう。

戸をノックする音が聞こえたのは、そのときだった。庄司が応じるより先にマネージャーが顔を覗かせる。

マネージャーは隼人の姿に安心した表情を浮かべ、言いにくそうに口を開いた。

「すまない。実はさっきから下に新聞記者が来てるんだ。お前に会いたいって。もちろん何度も追い返そうとしてるんだけど、ちょっとしつこくて」

庄司がすぐに気色《けしき》ばんだ。

「ふざけるな。こんな時間に。そんなもん追い返せよ」

「だから何度もしようとしたって言ってるだろ。ホントにしつこいんだよ」

「それをなんとかするのがお前の仕事じゃないのかよ」

「だから悪いって言ってるだろ。なんだよ、お前。突っかかんなよ」

隼人はサイドテーブルのメガネを取って、時計を見た。すでに二十一時を回っている。リーグ戦の最中ということを差し引いても、常識外れであるのは間違いない。しかしこんな遅くであるからこそ、その記者が誰かという予想はついた。

マネージャーが続けた言葉に、隼人は確信する。

「よくわからないけど、明後日は十一月一日とだけ伝えてくれって。それでダメなら今日は諦めるって」

隼人は腰を上げた。庄司の視線に気づいてはいたが、部屋を出て、自室に戻り、ウインドブレーカーを上から羽織って、音を立てずにロビーに下りた。

案の定、待っていたのは毎朝新聞の長岡平助《ながおかへいすけ》という記者だ。長年アマチュア野球を追い続けていて、その見識はたしかなものだと言われている。

思えば、まだ無名だった高校時代の隼人をいち早く紙面に取り上げ、大々的に紹介したのも長岡だった。隼人にとっては迷惑以外の何ものでもなかったが、反響は大きかった。

「すまないね。こんな遅く」

長岡は慇懃《いんぎん》に頭を下げる。少しでもそう感じるのなら、こんな夜に訪ねてくるはずがない。イヤらしく、ねちっこい話し方をするこの壮年の記者が、隼人は昔から苦手だった。

「話、外でもいいですか？」

隼人の声に、長岡は人を食ったような笑みを浮かべる。

「僕には願ってもない話だけれど。大丈夫かい？　身体に障るだろう？」

その言葉を無視して、隼人は先を歩き出した。仲間たちに見つからないで済む唯一の場所。今夜二度目となる武蔵関公園、富士見池を目指して、静寂に包まれた夜の町を足早に行く。

その間、長岡は何も尋ねてこなかった。沈黙を破ったのは隼人の方だ。

「どういう用件ですか？」

「いや、用件っていうほどのことではないんだ。明日が君にとってリーグ最終戦になるかもしれないだろう。その心境を知りたいと思って」

「だったら、とくに話すことはありません。明日は田辺が先発しますし、僕のやれることはやり切ったつもりですから」

「そうか。では、今日のピッチングはどうだった？　自分ではどう評価する？」

「試合後にも言いましたけど、悪いなりに試合をまとめられたと思っています。今の自分の、あれが精いっぱいだったと思います」

「それは本心？」

「本心ですよ」

「そうか。君のような才能のある選手でも、やっぱり取り繕うんだね。いや、逆なのかな。才能豊かだからこそ、取り繕わなければならないのか。僕みたいな凡人には理解することができないな」

長岡は勝手に何かを理解したように頬を緩めた。隼人は神経のささくれを覚える。引っかかったのは「才能豊かな」という一言だ。そういう枠に勝手に嵌められ、強引に何かを背負わされて、好き勝手に評価されて……。

もう何年そんな立場にいるのだろう。自分がそれほどの選手でないことは、自分が一番よく知っている。その才能のなさに誰よりもがき苦しんできたというのに。

到着した富士見池周辺は、しんと静まり返っていた。先ほどまでの風は止み、細波《さざなみ》も消えていて、うす暗い周囲の灯を静かに反射させている。不思議と寒さも感じない。

しばらく水面を眺めたあと、のんびりとした口調で長岡は話題を変える。

「君は、君自身の中にまだ何かが残っていると思うかい？」

「何かって、何がです？」

「どう言えばいいのかな。つまり、神通力みたいなもの？」

長岡は無遠慮に隼人の顔を覗き込んだ。そのあまりにも真剣な眼差《まなざ》しに、とっさに言葉が出てこない。

「僕には今日で終わったとはどうしても思えないんだよね。君の大学での、ある意味においては人生の集大成が今日だったとは思えない。あの夏の甲子園や、リーグ初登板の日のような、見る者すべてをうならせる神懸かった力はもう残ってないのかな」

「どうなんでしょうね。自分ではそんなもの感じたことはありませんから。そもそも僕はそれほどの投手ではありません」

「本当に？　君は本当に自分をそう評価しているのか？　僕にはそうは見えないよ。実力通りの投球をしているピッチャーは、絶対にマウンドの上であんなに苦しそうな表情を見せないはずだ。君は認めようとしていないだけ。自分が担ったものの重さから逃れようとしているだけだ。それはね、星くん。とても傲慢なことだよ。君の立場に到達できない多くの選手に対して、それはいささか傲慢だ」

長岡はそう言い放った。話を聞いている間、隼人は身体中に血が巡るのを感じていた。いい加減にしてくれ。言いたいことがあるならハッキリ言えよ――。そう口にしようとした矢先、長岡は隼人から視線を逸らした。

「明後日だね。十一月一日は」

　それがこの記者の本題だ。長岡はしみじみと繰り返す。

「十一月一日。君の二十二回目の誕生日だ。何かが起きるには打ってつけの日だと僕には思えるんだけど」

　おもむろに空を見上げて、長岡は最後につぶやいた。

「明日の試合は雨で順延。そして明後日、大エースの星隼人が先発し、早稲田が三季連続の優勝を達成する……というシナリオはどうだろう？　やっぱり出来すぎかな？　やっぱり僕は少し君に期待しすぎているのかもしれないね。でも、やっぱりそっちの方が僕にはしっくり来るんだよな」

◇

　ビデオで早慶戦を見た翌週、隼人と祐介は地域の野球チームに入団した。決して強いチームではなかったが、二人は指導者に恵まれた。目先の勝利を追うのではなく、徹底して野球の基礎を教えてくれた。

　来る日も、来る日も、隼人たちはピッチング練習に明け暮れた。その甲斐あって、五年生になった頃には並み居る上級生を押しのけ、二人はバッテリーのレギュラーポジシヨンを任されるようになった。

毎日の練習が確実に血肉になっている実感があって、未来の神宮に通じているという予感もあった。祐介もまた最初に渋っていたのが嘘のように、キャッチャーというポジションに魅せられているようだった。

満面の笑みでミットをかまえ、常に隼人の力を百パーセント引き出そうとしてくれる。「昨日、テレビで観たんだけどさ」と、プロ野球からも積極的に何かを学び、それを実践につなげようと試みる。もともと筋肉質だった身体にさらに肉が付き、おかげで背はあまり伸びなかったが、キャッチャーとしての武器は充分に備えていた。

贔屓目《ひいきめ》ではなく、祐介はいいキャッチャーだったと思う。マウンドではいつも祐介と一緒だった。マスクの向こうに祐介のメガネが見えると、隼人は息を吸い込めた。少しずつ試合で勝てるようになり、喜びを分かち合う回数が増えていくと、次第に胸に新しい思いが芽生えていった。

それは祐介となら絶対に負けないという感覚だ。「ああ、たぶん僕たちは無敵なんだ」と、ある日の試合の最中、太陽の光が反射する祐介のメガネを見つめながら、口に出したことがある。恥ずかしくて直接伝えたことはなかったけれど、祐介とバッテリーを組み、試合で投げるたびに隼人は確信していた。

祐介の母に連れられ、はじめて神宮に行ったのも五年生のときだった。夏の匂いがかすかに残る秋の早慶戦。そこで触れた本物の六大学野球の熱気と、感動に、隼人たちは言葉を失った。

横浜に戻る電車の中でも、隼人はほとんど口をきけなかった。気を遣って一人でしゃべる祐介の母をよそに、覚えたばかりの歌を忘れまいと必死だった。

祐介も同じだったらしく、家に着き、二階の祐介の部屋に駆け込むと、二人はあわてて地図帳を広げた。東京都の地図を見るためだ。

「〝セイホク〟って、西と北って意味だよな？」

「それはそうだろうけど、そもそも〝ミヤコ〟って何？」

「知らないよ。都庁のことかな。まず〝ワセダノモリ〟を探して、そこから東の南を探していけばいいんじゃないの？」

「いやいや、それこそ逆だろ。僕たちは〝ミヤコ〟を見つけたいんじゃなくて、その〝ワセダノモリ〟を探そうとしているんだから」

必死に地図をめくり、場所を探している間、球場で耳にした印象的なフレーズとメロディーが、延々と頭の中で繰り返していた。

都の西北、早稲田の森に――。

祐介と一緒に神宮でプレーする。二人そろって白色のユニフォームに袖を通す。笑って野球をすることしか知らなかった隼人に、それは夢物語ではなかった。

「明日、隼人の誕生日だよな」

地図帳からゆっくりと目を離し、祐介は言った。神宮での興奮のせいか、隼人はすっかり忘れていた。

「十一月一日、誕生日が〝1〟ばっかりなんて、本当にピッチャーになるために生まれてきたみたいだよな。羨ましいよ。俺なんて六月二十二日だぜ。よくわからないけど、キャッチャーって感じがすごいだろ？」

本当によくわからなくて、隼人は腹を抱えて笑った。祐介は真顔を取り戻す。そして立ち上がり、ゆっくりと壁の方に歩み寄ったかと思うと、今度はもったいつけて十月のカレンダーをめくった。

十一月一日の枠に赤いペンで「☆」印が記されていた。その下には小さな文字で〈この日までに！〉と書かれてある。

「明日、俺からでっかいプレゼントがあるからな」

「プレゼント？」

「ああ、たぶん隼人が何よりも欲しいもの。いや、お前がピッチャーでい続けなくちゃいけないもの」

「なんだよ、それ。気持ち悪いな。何？」

「ううん、それは言わない。でも、バッテリーってすごいよな。俺にはわかるんだ。お前が考えてること、怒ってること、喜んでること。欲しいものだって知ってるぞ」

メガネの分厚いレンズが、祐介の大きな瞳をさらに爛々と輝かせて、今にものみ込まれそうになる。

「隼人って案外わかりやすいからな。でも、ピッチャーっていうのはポーカーフェイスじゃなきゃいけないんだぜ。鏡の前で顔の練習もしとけよな」

祐介は屈託なく笑った。それから何年もその表情に苦しめられることなど、当時の隼人には知る由もなかった。

◇

祐介の笑顔の残像が頭をもたげた。久々に見た悪夢だった。隼人にとって幼い頃の夢は、つまり悪夢そのものだ。

ねっとりと湿ったシャツを脱ぎ捨て、カーテンの裾から空を確認する。あいかわらず重い雲が広がっていたが、雨は落ちていない。神通力が聞いて呆れる。仲間たちは前日からの興奮を持ち越し、定刻通り、部のマイクロバスに乗り込んだ。

神宮に着いても、選手のボルテージは高いままだった。先発の田辺もブルペンでは好調で、隼人は早稲田の勝利、そして優勝を少しも疑わなかった。

それなのにこの日、まるでなんらかの力が作用したかのように、早稲田はミスを連発した。

田辺が序盤に六点を奪われると、救援する投手も次々と炎上する。打者も慶應の一年生ピッチャーを打ちあぐね、突破口さえつかめない。結局、早稲田は慶應の勢いに終始押され、二回戦を呆気なく落とした。

ゲームセットの瞬間を、隼人はブルペンからポツンと見つめていた。「展開によっては最後に行くからな」という監督の指示を受け、とりあえず準備はしていたが、最後までその展開にはならなかった。

慶應のベンチ、スタンドにいるすべての人が満面の笑みを浮かべていた。いや、早稲田側のスタンドにもちらほらと笑顔が見られた。きっと彼らは自分の最終戦に期待してくれているのだろう。

そう冷静に考えたとき、隼人は見知った顔をスタンドの中に見つけた。その柔らかな表情を目にした瞬間、本来なら様々な思いを抱かなければならないはずなのに、どういうわけか隼人の顔にもみるみる笑みが広がった。

隼人は空を仰ぎ、目をつぶった。脳裏を過ぎったのは一枚のカレンダーの画。十一月一日の枠に赤い「☆」が記された、あの日のものだ。

いくつかの大切なことを確認し、ゆっくりと目を開ける。歓声を肌で感じる。地面はたしかに揺れている。

最後の秋、最後の早慶戦、最後の登板。そして明日は隼人にとってたった一人の親友、北澤祐介の、十一回目の命日だ。


新聞配達のバイクの音で目が覚めた。五時前。寮の中は静まりかえり、カーテンの外も深い闇に包まれている。最終戦を控え、やはり気が昂っているのだろうか。

本当はもう少し寝ているべきとわかっていたが、すでに頭は冴えていた。仕方なく布団を抜け出し、仲間を起こさないよう階段を下りる。

一階のソファで新聞を広げたことに、たいした意味はなかった。あの甲子園の日以来、自分にまつわる記事は極力避けてきたつもりだ。しかし他にすることもなく、今朝は自然と手を伸ばしていた。

どの記事も似たり寄ったりの内容で辟易《へきえき》した。ただ、数紙目の毎朝新聞をめくったとき、ふっと太陽に焼かれた土の匂いが鼻孔に触れた気がした。その瞬間から、隼人の意識は過去へ、過去へと潜っていく。その多くがマウンドの上の記憶だった。神宮の、甲

慶應が大勝、早慶戦は最終戦へ

早稲田が勝てば3季連続の優勝が決まる早慶戦2回戦は、慶應打線が序盤からつながり、計15得点の猛攻。投げてもリーグ戦初登板となる和田英俊（1年・徳島畑野）が今季好調の早稲田打線を散発の6安打に封じ込め、初完封を収めた。早稲田はエース・星隼人（4年・京浜）が試合中盤からブルペンで待機したが、登板の機会は最後までなかった。今シーズン最後の早慶戦は、神宮球場で今日13時から。

記者の目

長岡平助
運動部

4年前の夏、甲子園球場で一人の高校生が日本中の注目を集めた。神奈川県代表・京浜高校の星隼人だ。「野球を楽しいと思ったことはほとんどありません」。大会前の取材でそう語っていた星は、しかし大阪代表の山藤学園との延長十三回に及ぶ死闘、エース・土田一成（現・札幌）との壮絶な投げあいの末に、マウンド上で笑みを浮かべた。

甲子園優勝という実績を引っさげ、プロ入りもうわさされる中、星が次の舞台に選んだのは早稲田大学だった。それには理由がある。

今日、11月1日は、星にとって深い意味を持つ。人生ではじめてバッテリーを組み、また野球を始めるきっかけを作った友人・北澤祐介くん（当時11歳）の命日だ。「早稲田でバッテリーを組む。早稲田に行って慶應を倒す」という2人の夢は、11年前のこの日、祐介くんの不慮の事故によりかなわぬものとなった。

以来、「野球をする星の顔から笑みが消えた」と友人たちは口をそろえる。祐介くんの母・仁美さんも「何かを背負わせてしまったようで、彼を見ているのがつらかった」と話す。それでも、星は誰にも心情を明かさず野球を続けた。亡き友との願いをかなえるために、一人早稲田を目指した。甲子園で見せた雄姿を思えば、ファンにとって星の大学での成績は満足のいくものではなかったかもしれない。

「僕はそれほどの投手ではありません」と星自身は謙遜するが、その投球には必ず次を期待させる何かがあった。大学での4年間、その「次」はいまだ訪れていない。しかし、それは今日かもしれない。11月1日――。「銀縁くん」と愛された星隼人が、自らの野球人生に一つの決着をつける日だ。

亡き友のために、早稲田・星が最後の登板

子園の、中学校の、そして蓮ヶ池公園の……。

全神経が、長岡の書いた記事に集中していた。だから、その声を認識するまでに少し時間がかかった。

「何してんの？」

ゆっくりと視線を向けると、庄司が立っていた。その目は腫れぼったく、顔も全体的にむくんで見える。悪い、起こしたか……という声は、しかし庄司の口から出てきた意外な言葉にかき消された。

「え、なんで泣いてるの？　こんな朝っぱらから」

そう立て続けに言われるまで、隼人は自分が泣いていることに気づいていなかった。いや、言われてもまだ庄司が何を言っているのかわからなかった。

「いや、ごめん。なんかごめん」

泣いていることにようやく気づくと、自分でも意味がわからないまま謝った。庄司はいぶかしげに目の前の新聞を覗き込んでくる。心の傷に土足で踏み込まれるような嫌悪感を覚え、隼人はあわててそれを隠した。

涙の理由はわからなかった。長岡の記事を読んで、最初に感じたのは怒りだったはずだ。どうして「誰にも心情を明かさなかった」自分のことを書けるのだろう。なぜ「亡き友のために」と決めつけるのか。

そう思う半面、隼人は胸に芽生えたまったく違う気持ちも自覚していた。できれば放っておいてほしかったのに、庄司は対面のソファに腰を下ろした。そして同じ質問を繰り返した。

「なぁ、どうして泣いてるんだ?」

少しの間、視線が絡み合った。あまりに真剣な庄司の顔を見ていたら、億劫と思うのとは裏腹に、笑みがこぼれた。泣くことも、笑うことも、普段の自分からすればめずらしいことだ。

時計の針はちょうど五時を指している。十三時から試合のある日は、八時半から大学のグラウンドでバッティング練習が行われる。それまであと三時間半ほど。そう考えた次の瞬間には、隼人は強くうなずいていた。

「ねぇ、庄司って免許持ってる?」

「免許?　あるけど」

「部の車、出してもらうことできる?」

「え、今から?」

「うん」

「ええと、それはマネージャーの許可なしでってことだよな?」

「うん」

「つまり、リスクを冒すってこと？」

「そうだね。もちろん、できればでいいんだけど」

「いやぁ、べつにできないことはないけどさ」

普段、部車はマネージャーしか運転しない。それも大抵の場合は、監督をどこかに連れていくために出すものだ。

難しそうに腕を組んだ庄司は、しばらくすると隼人の胸の内をうかがうように続けた。

「ちなみにどこに行くつもり？」

「横浜」

「時間は？」

「第三京浜使って、小一時間くらいかな。向こうでは十分もあれば充分。練習には絶対に間に合う」

「試合には響かないか？」

「むしろ試合のために必要なことなんだ」

「なんだよ、それ。でも、どうせその内容は教えてくれないんだろ？」

庄司の声色がかすかに変わった。その目を強く見据え、隼人は首を横に振った。

「ううん、車で話すよ。今回はちゃんと話す」

仕方なく……というわけではなかった。庄司には聞いてほしかった。「誰にも心情を明かさなかった」自分が、誰かに思いを吐露《とろ》するとすれば、その相手はきっと庄司しかいないはずだ。

庄司は一瞬驚く仕草を見せたが、すぐに平静を装った。そして、意味もなく「今日は暑くなりそうだな」などと話題を変えた。ポーカーフェイスが下手くそだ。釣った魚を慎重に引き上げるかのような様子が見え見えで、隼人はまた笑ってしまう。

一緒に目を向けた窓の外に、明け始めた空が見えている。

「本当だな。今日は暑くなりそうだ」

言いながら、隼人は机の上の新聞を脇に挟んだ。庄司以外の人間に読ませるわけにはいかなかった。

◇

隼人が十一歳の誕生日を迎えた、あの日。学校が終わり、やけに楽しげな祐介に連れていかれたのは、家から三十分ほど歩いたところにある蓮ヶ池公園だ。

公園といっても、蓮ヶ池に遊具はない。藻ばかりが浮かぶ池の近くに、アリバイのようにいくつかのベンチが並べられているだけだ。鬱蒼《うっそう》と樹々が生い茂り、辿り着くまでの道もほとんど整備されていない。周囲二百メートルほどの池の深さもよく知られていて、普段は親や先生たちから遊ぶことを固く禁じられている。

「ねぇ、大丈夫？　どこに行くの？」

一度それぞれの家に戻り、ランドセルを置き、グローブを持って、学校で待ち合わせた。そのときから笑顔はそのままに、祐介はほとんど口を開かなくなった。

昨日、祐介は「でっかいプレゼントがある」と言っていた。それは「隼人が何よりも欲しいもの」とも付け足した。そのプレゼントが蓮ヶ池などにあるのだろうか。グローブを持ってこいと言われた理由もわからず、隼人は困惑気味だった。

ようやく辿り着いた池の周辺には、重苦しい雰囲気が漂っていた。昼なおうす暗く、人の姿は見当たらない。横浜という土地の持つイメージからは想像もできないほど山深い印象だ。

プレゼントへの期待などとうに消え失せていた。いつか友人たちに無理やり聞かされた、池の周りを夜な夜な徘徊《はいかい》するという少女の都市伝説を思い出して、今にも泣き出しそうだった。

そんな隼人の気も知らず、祐介はさらに奥へ、奥へと分け入っていく。蓮ヶ池は近寄れないように金網と有刺鉄線で囲まれている。なんとか草木をかき分けていったその先に、子ども一人がようやく通れる穴があった。

「何これ。祐介がやったの？」

「ううん、見つけたのは俺だけど。穴自体は最初から空いてた」

「ふーん、そうなんだ。で、どうするの？」

「いいから行けって。スゲーから」

ようやく祐介と言葉を交わし、促されるまま穴をくぐる。そこだけポッカリと空が開け、たしかに外から眺めるよりも気分はいい。深呼吸する隼人に、祐介は「いいだろ？」と、まるで自分の手柄のように胸を張った。

祐介は隼人の答えを待たず、再び先を歩き出した。

「だからどこ行くんだよ？」

「だからプレゼントがあるって言ってるじゃん」

「さっきの穴のことじゃないんだ」

「は？　なんだよ、それ。当たり前だろ」

さらに池の脇を二分ほど行ったところに、それらしきものはあった。そこだけ一つ残らず雑草も石も取り除かれ、ローラーで固めたように整備された土の上に、畳三枚ほどの大きさのブルーシートがかけられている。

隼人は息をのんだ。そのシートは小山のようにふっくらと膨らみ、周囲よりも一段高くなっている。祐介が用意してくれたものが何か、形状だけで理解できた。

「すごいよ……。すごい、すごい、すごい！」

ひとりでに言葉が漏れた。鼻先をかく祐介を一瞥して、隼人は身を乗り出す。

「え、何これ。開けていいの？」

「当たり前だろ。早く開けろよ」

逸る気持ちを抑え、一気にシートをめくり上げた。シートは大きな音を立てて、緩やかに吹く風にはためいた。

中から現れたのは、高さ三十センチほどの手作りのマウンドだった。どこで拾ってきたのか、年季の入ったプレート板まで埋め込まれている。ピッチングに耐えうるだけの硬さもありそうだ。

「この高さとか傾斜をつけるのがなかなか難しくてさ。だって本には『高さ十インチ』とかあるんだぜ？　俺、最初十センチかと思って全然低く作っちゃったよ。やっとできかけたと思った頃に、大雨が降って、池が氾濫して、めちゃくちゃにされちゃったりしてさ。何度も心が折れかけた。でも、ずっとお前がこれを欲しがってたことを知ってたからさ。とりあえず今日に間に合うように作ったんだ」

祐介は気恥ずかしそうにうつむき、身体を小刻みに揺すった。たしかにずっと望んでいたものではあるが、誰かに伝えたことはない。昨日、祐介の言っていた「俺にはわかるんだ。お前が考えてること」という言葉が真実味を帯びてくる。隼人は唇を震わせた。

大抵の場合、少年野球の試合は小学校や近くの運動場で行われる。そうした場所は他の競技が使用する機会も多く、マウンドは設置されていない。テレビで野球を観戦するとき、隼人はそこに立つピッチャーに憧れた。その上から打者を見下ろす自分の姿を夢想した。

「ちょっとこっちも見てくれるか」

呆然とマウンドを見つめていた隼人の手を、祐介が引っぱった。プレート板から十数メートル先、おそらくは少年野球のバッテリー間である十六メートル先に、ホームベースまで埋め込まれている。

「こっちはがんばった自分へのご褒美。ここで俺は隼人の球を受けるんだ。この場所が俺たちのスタート地点になる。いつか二人で早稲田に行って、早慶戦に勝って、優勝したとき、この場所をインタビューで明かすんだ。どうだ、悪くないだろ？」

そう笑ったあと、祐介はリュックからキャッチャーミットを取り出した。

「というわけで、早速やろうぜ」

祐介とは毎日のように一緒に練習している。それなのに、いったいいつこんなものを作ることができたのだろう。どれほどの手間と時間を要したのか。

隼人はこみ上げるものを抑えながら、自分のグローブを手にはめた。ホームベースを基点に、数メートルの距離からキャッチボールを始める。隼人の投げるボールが祐介のミットを叩く。乾いた音が樹々の間にこだまする。

肩はすぐに温まった。一度キャッチボールを中断して、隼人は生まれてはじめてのマウンドに登った。そこだけ色の違う真っさらな土の上に足を乗せるとき、思わず祈りたくなるような神聖な気持ちになった。

慎重に足場を均したあと、隼人は深く呼吸しながら、祐介の方を振り返った。たった〝十インチ〟高いだけで、世界の色が違って見えた。

「どう？　やっぱりイマイチか？」

メガネを上げ下げしながら尋ねてくる祐介をよそに、隼人は天を仰いだ。茜色《あかねいろ》に染まりつつある空が目に入った瞬間、腹の底から強い衝動がこみ上げた。

そして隼人は静かに目をつぶり、胸の高さで両手を広げた。それは無意識の行動だった。

湧き出す衝動を閉じ込めるように息を吸うと、少し冷たくなってきた空気を肌で感じた。あらためて目を開けたとき、今度は破裂するような声が口をついた。何を叫んでいるのか、自分でもわからない。ただ、心はたしかに軽くなった。

「お、何それ。カッコイイじゃん。試合中にもそれやれよ」

小馬鹿にしたような祐介を無視して、隼人は大きく振りかぶった。自分のためだけのマウンドでの第一球を、あわててミットをかまえた祐介に投じる。ボールが鋭く指を切る。捕球音が一帯に響き、「うはっ、いいボール！」という声が耳を打ったとき、身体中の細胞が跳ね上がり、意識はどこかに飛んだ。

それから隼人は無我夢中で投げ続けた。祐介も以後は黙々とボールを受けていた。そうすることが息をするように自然で、投げるたびに心がほぐれていく。この瞬間が二人の夢に通じているという思いがたしかにあって、ただ球を投げるという行為が、これ以上なく尊いものに感じられた。

陽は次第に暮れていき、池の水面をオレンジ色に染めていく。無言のピッチングは延々と続き、永遠にも思える緩やかな時間に包まれていた。しかし、隼人の目に映る柔らかい輪郭の景色は、ここで途切れた。

「そろそろ上がろうか。ちょっとボールが見えにくくなってきたよ」

祐介がそう切り出したとき、隼人は言いようのない苛立ちを覚えた。帰り道を考えれば、いつもより早く上がらなければならないだろう。そう頭で理解はしていても、まだボールは見えているという思いがはるかに勝った。

あきらかに一つ上のステップを踏んだ投球の感覚を忘れたくなかったし、それ以上にまだまだ祐介に投げていたかった。二人でいることの〝無敵感〟をもっと味わっていたくて、ここでやめようとは思えなかった。

それは、この日はじめて暴投したときも同じだった。百球を超えた辺りでぐらつき始めた手作りのプレートは、隼人が異変に気づいた数球後には耐えきれなくなり、後方に大きくずれた。

　球をリリースする瞬間にマウンドが揺れ、身体のバランスを大きく崩し、コントロールがつかなかった。高めに逸れたボールは、祐介のミットをかすめて方向を変え、そのまま音を立てて池に落ちた。

　岸から五メートルほど先にむなしく浮かぶボールを見やり、祐介は肩をすくめた。

「これはもう無理だな。仕方ない。また来よう」

　それでも尚、隼人は同意しなかった。もう一度空を見上げ、まだやれることをあらためて確認して、肩に置かれた祐介の手を払いのける。

「もうボール持ってないの？」

「俺は持ってきてないけど。ええ、まだやる気？」

「だって、まだボール見えるじゃん」

「俺はだいぶ見にくいんだけどな。目悪いし」

「大丈夫、まだやれる。絶対にまだやれるよ」

　隼人はそれ以上何も言わず、靴と靴下を脱ぎ捨て、ズボンを膝までたくし上げた。慎重に池に足を踏み入れようとする隼人を前に、祐介は呆れ果てていた。そして「ああ、ピッチャーってのはホントに傲慢だ」という言葉をこぼし、渋々とあとに続く。

　二人で手を取り合うようにして、想像していたよりもずっと冷たい水の中に足を入れた。歩を進めるたびに藻が足に絡みついて、ひどく歩きにくい。

隼人たちが進もうとすると水面に波が立ち、ボールは少しずつ遠くに流されていく。それでもようやくあと一歩というところまで近づくと、祐介に右手をつかんでもらい、必死に左腕を伸ばした。

そのときに起こったことを、隼人はしばらく認識することができなかった。底のぬめりに足を取られ、踏ん張ろうとした次の瞬間、急激に深くなった池の中に頭の先まで浸かっていたのだ。

生臭い水を激しく飲み込み、吐こうとしてはまた飲み込んだ。水中まで陽が届かないせいか、上下左右の判断がつかず、自分がどこにいて、どうしているのか。すぐには理解できなかった。

何よりも隼人を混乱させたのは、祐介が同じように溺れていたことだった。メガネが外れ、ヘドロが顔を覆い、祐介は隼人以上に方向感覚を失っている。

濁った水の中で懸命に目をこじ開け、手足をバタつかせる祐介のもとに近づいた。押しつぶされるような水圧の中、祐介は必死に何かを叫んでいる。しかし気泡の音がかすかに聞こえる程度で、その声までは届かない。

隼人はなんとか身体を支えようとしたが、混乱する祐介につかまれ、逆に底へ、底へと引っ張られた。いや、実際にはどちらが底かもわからなかったし、祐介がそうしたとも思っていない。ただ、一瞬「殺される」という思いを抱いたことは間違いない。

息がもたず、濡《ぬ》れた洋服が異様に重く、みるみる体温を奪われ、隼人もまたパニックに陥った。筋肉質の祐介は水の中でさらに重みを増し、隼人の腰の辺りに回していた腕が少しずつずり落ちていく。

そのうち、祐介が隼人の左腿にしがみつくというおかしな体勢になった。それでも一気に水面を目指そうと、思いきり腕をバタつかせた。

次の瞬間、何かが壊されるような激しい痛みが左足の付け根を襲った。見れば、祐介が力任せにしがみつき、隼人の足を強引に外側にひん曲げている。あり得ない角度に足が折れているのを目にした瞬間、痛みが脳天まで駆け上がった。

隼人は声にならない声を上げて、さらに水を飲み込んだ。痛みの正確な場所を認識できないまま、身体の力が抜けていき、祐介の重みで再び水底に引っ張られる。

唇を嚙みしめ、うすれそうな意識を懸命に奮わせ、なんとか体勢を整えた。だが、祐介の肩に左腕をかけ直したときだ。今度は左腕を極《き》められるような格好になって、肩に冷たい痛みが走りかけた。

それが左腿に激痛が走ったときと酷似していて、隼人は反射的に祐介から腕を引きはがしていた。同じように肩を壊され、身体の自由が利かなくなったら、今度こそ二人一緒に溺れ死ぬと思ったからだ。

いや、本当はそうではない。左腕だけは絶対に守らなければと、きっとこの期に及んで思ったのだ。皮肉にもそれは祐介の口癖だった。

自由を取り戻した身体は自然と水面を目指していた。その後、自分がどのようにして岸に這い上がり、救出されたのか、記憶にない。

ただ、それからどれくらいの時間が過ぎたのか。担架に乗せられてどこかへ運ばれていく直前、一瞬だけ月に照らされたマウンドが目に入ったのを覚えている。

でっかいプレゼント……。隼人が何よりも欲しいもの……。そう言ったあと、祐介は真っ白な歯を見せ、屈託なく笑っていた。

「お前がピッチャーでい続けなくちゃいけないもの」

親友の死を隼人が知らされたのは、病院のベッドの上だった。数日間の昏睡《こんすい》状態から覚めたとき、細菌でやられた隼人の両目には包帯が巻かれ、足にも重い怪我を負っていた。

左大腿骨の頸部《けいぶ》骨折と、左股関節脱臼《だつきゅう》。医師に言われるままリハビリをこなしたけれど、普通に歩けるようになるのには一年以上の時間を必要とし、目に至っては、ついには事故前の視力を取り戻すことがなかった。

その間、誰一人として隼人を責めようとはしなかった。祐介の母も同じだった。三カ月後に退院し、真っ先に足を運んだ祐介の自宅で、母親は「ありがとね。でも、隼人くんが気にすることじゃないからね。あの子のためにも、もう祐介のことは忘れてちょうだい」といつものように微笑んだ。

それが母親の本心とは思わなかった。「あの子のために」という言葉が延々と耳の奥にこだました。必死に自分に言い聞かせているような気がしてならず、この人のために自分は姿を見せてはいけないのだ、祐介を思い出させてはならないのだと、隼人は敏感に感じ取った。

それを証明するように、しばらくすると祐介の家族は引っ越した。隼人もまた無理に関わろうとは思わなかった。しかし祐介の一周忌を迎えた十一月一日だけは、何かせずにはいられなかった。

学校の先生から場所を聞き出し、まだ痛みの残っていた左足を引きずりながら、隼人ははじめて祐介の眠る墓を訪ねた。祐介にどうしても直接伝えなければならないことがあったからだ。

その名が刻まれた墓石の前に跪き、隼人はリュックからグローブを取り出した。あの事故以来、誰ともキャッチボールをしていない。祐介のものと似た銀縁のメガネをかけさせられてもボールはかすみ、股関節もいまだにほとんど曲げることができない。いずれにせよ、もう野球をやれる身体じゃない。

これは自分に与えられた罰なのだと、野球を辞めることは入院しているときから決めていた。

しかし、そのことをあらためて祐介に報告して、グローブをその場に置いたまま、立ち去ろうとしたときだ。

「悪いけどそれは持って帰って」

そんな冷たい声が耳を打った。おそるおそる振り返ると、胸にユリの花束を抱え、目を潤ませた祐介の母親の姿がそこにあった。

隼人はたまらず視線を逸らしたが、母親はかまわずににじり寄った。野球を辞めることは許さない……。続けることがあなたの義務……。私は絶対に認めない……。絶対に認めない……。

そう何度も繰り返し、ついには隼人の両肩をつかんで、激しく揺すりながら、母親は金切り声を張り上げた。

「お願いだから、祐介の夢を叶《かな》えてやってよ！」

肩にじんわりと熱が伝った。そのまま泣き崩れた母親を力なく見下ろし、隼人は自分でも気づかないまま、卑下するような笑みを浮かべていた。どうしてもそれが彼女の本心だとは思えなかった。

一人で早稲田に行くことが夢だったわけではない。そんなことで母親の心の傷が癒えるとは思えない。心の中でたくさんの疑問を抱えながらも、口では「はい」と答えていた。我ながらやけに澄んだ声だった。

真っ赤に燃える空を見上げたとき、不意に鼻先が熱くなった。でも、涙は最後までこぼれなかった。

ただ、左肩にのしかかった重たい何かを、隼人はたしかに感じていた。

◇

第三京浜のインターチェンジを下り、国道を抜けて、懐かしい景色が目の前に広がっても尚、隼人は一人で話し続けた。

以来、マウンドでいつも孤独に抗っていたこと。野球を楽しいと感じたことがなかったこと。唯一、甲子園の決勝だけが祐介の存在を忘れさせてくれたこと。同じ感覚を神宮でも求め続けたこと。いまだにその瞬間が訪れていないこと……。

何度か試したコンタクトレンズが合わなかったことも、メガネをかけるしかなかったことも、付けられた「銀縁くん」というあだ名に対する屈託もあらいざらいぶちまけた。

ハンドルを握る庄司は何も応えず、相づちさえ打たなかった。しかし、目指す霊園の案内板がようやく見えてきたときだ。ポツリと一言だけつぶやいた。

「十一月一日、十一歳の誕生日、しかも十一年前の出来事ってさ。つくづくピッチャーなんだな、お前はさ」

まだ早朝と呼べる時間にもかかわらず、到着した墓地には線香の匂いが立ち込めていた。その煙の出所が祐介の墓だという予感があって、近づくと、その花立に真新しいユリの花が、香炉には煙の上る線香が、それぞれキレイに手向《たむ》けられていた。

あわてて彼女の姿を探したが、気配はなかった。ゆっくりと視線を戻すと、この場には決して似合わないものが一緒に供えられていた。寮で読んだ毎朝新聞が、墓の中央を陣取るように置かれてある。

隼人はゆっくりとそれを取った。寮でも心をかき乱された部分、『何かを背負わせてしまったようで――』という母親のコメントが目に入った瞬間、前触れもなく、隼人は膝から崩れ落ちた。張りつめていた緊張が一気に解けていくように、いきなり涙がこみ上げた。赦《ゆる》されるという思いに、ハッキリと色が伴った気がした。

予定していた十分が過ぎ、二十分が過ぎても尚、隼人は涙を止められず、身動きも取れなかった。

苦しかっただけの野球にまつわる過去が、順に脳裏を巡っていく。クールを気取っていたわけでも、無愛想を良しとしたつもりもないのだ。無表情でいなければ、野球を続けることはできなかった。

十一年間、ずっと吐き出せないでいた思いは、そのうち情けない嗚咽《おえつ》となって、いつまでも止まらなかった。

だからその高らかな歌声にも、しばらくの間気づかなかった。

〈都の西北　早稲田の森に　聳《そび》ゆる甍《いらか》は　われらが母校〉

振り向くと、庄司が手をうしろに組み、応援部がするように凜と胸を張って、早稲田の校歌を歌っていた。

「ふざけんな、やめろよ」

早朝の墓地に、校歌はあまりにも不釣り合いだった。過去を侮辱されているような気がして、何度も「やめろ」と制したが、庄司は歌うのをやめない。揺るぎのない目で空を見上げ、隼人に一瞥もくれなかった。

歌い続けている間、ずっと睨んでいた隼人に、やがて庄司は顔を向けた。そしておもむろに頰を緩めて、二度、三度と優しくうなずいた。

その表情も、やはり隼人を赦そうとするものだった。そう理解するとさらに怒りがこみ上げてきて、なんとか庄司を睨みつけようとしたが、結局は抗いきれなかった。

唐突に胸をかすめたのは、ずっと何かを期待して見ていた早稲田の空だ。四年間、都の西北で見上げ続けていた空は、いつもどんよりと曇っていた。

再び大粒の涙がこぼれ落ち、小さな声はひどくしわがれ、墓石に左手を当てて、さらに赦しを請うように……。

〈わせだ　わせだ　わせだ　わせだ　わせだ〉

七度繰り返すフレーズの最後の二回は、隼人も一緒に口ずさんでいた。

〈わせだ　わせだ〉

泣くだけ泣いて、思いの丈をぶちまけて、東伏見から神宮に到着しても、気分は晴れやかなままだった。予報通り気温も上がり、おかげで古傷の痛みも感じず、身体もいつになくキレている。

憂うことは何もなかった。視界もキレイに開けている。だからといって調子がいいとは限らないから、野球はなかなか面白い。試合前のブルペンで、どれだけ投げてもボールは一向に走らなかった。ボールが指を切ろうとしない。

それでも、隼人は笑みを嚙み殺すことができなかった。一心不乱にミット目がけて投げることが、この上なく楽しく感じられた。この瞬間だけに集中している。身体がボールを投げたくて疼いている。こんな感覚は久しぶりだ。

あの蓮ヶ池の日と同じように、自分の世界の中にいた。なのにとなりで投球フォームをチェックしていた庄司が、のんびりとした口調で隼人を現実に引き戻した。

「すごいな。平日だぜ？　何なんだよ、この観客」

言われて、はじめて気がついた。たしかにスタンドには大勢の観客が詰めかけ、立錐《りっすい》の余地もない。

そこら中から楽器をチューニングする音が聞こえてきて、学生たちは肩を組み、試合開始を待ちきれないように高らかに校歌を口ずさんでいる。祭りのような雰囲気に、早稲田、慶應両校の選手たちもきっと高揚しているに違いない。でも……。

正直、隼人にはどうでも良かった。

「ホントにすごいな。きっといろんな人がここに集まってきていて、お前の最後の登板に期待しているんだろうな。ライバルとか、昔の仲間とか、アンチの人とか、元カノとか、誰かの家族とかさ。べつに俺は知らないけど」

おどける庄司に、隼人は首を大きく横に振った。せっかくの神聖な気持ちを汚されたような気がして、思わず苛立ちが口をついた。

「そんなの俺の方が知らないよ。頼むから今は黙ってろよ。俺の野球の邪魔するな」

庄司はすぐに目を細める。

「いいね、そのセリフ。すごく謙虚だ」

「うるさいよ。だからしゃべるなって」

「ハハハ。いよいよいいね。一皮むけた感がハンパない。それ、みんなにも言ってやれよ。絶対にもう一皮むけるから」

「みんなにもって、誰に何をだよ」

「だから、チームメイトに脇役はすっこんでろってさ。主役の俺の邪魔するなって」

「なんだよ、それ。また傲慢だって叩かれるよ」

「そうか？　俺には今までのお前の方がずっと傲慢に見えてたけどな。一人で野球をしているくせに、優等生みたいなことばかり言って。世界にはお前しかいないみたいな顔してるくせに、仲間を気遣うフリとかして。そんな場面を見ているだけでさびしかったよ。逆に気を遣ったし、なんかすごく疲れさせられた。それにさ……。いや、いっそ俺も言っちゃうけど——」

　庄司は一度もったいぶった笑みを浮かべ、でも最後はこともなげに言い放った。

「もうこれ以上はみんなに嫌われることないと思うぞ。だから安心してお前の好きにやればいい」

　試合は早稲田の後攻で始まった。足跡一つないマウンドに駆け登り、期待を込めて七球の投球練習を行うが、相変わらず調子は上がってこない。気持ちばかりが先走り、ボールにまったくキレがない。

審判がプレイボールを宣言する直前、隼人は落ち着きを取り戻すため、いつものように天を仰ごうとした。しかし、今日はすんでのところで止まった。そして審判に頭を下げて、守備につく選手たちをマウンドに呼び寄せる。庄司に乗せられたつもりはない。でも、言わなければたぶん前には進めない。

一段高い位置から仲間たちの顔を見下ろし、隼人はまず謝った。謝ってから、自分がどれだけ野球を愛しているか、そのためにどれだけ大切なものを犠牲にしてきたかと説明した。その上で、言いたいことをもう一度だけ吐き出した。

「だから、頼むよ。今日だけは俺をほっといてくれ。イヤでも優勝させるから。俺が早稲田を勝たせるから。だから、頼む。今日はもう俺にかまうな」

一つ残らず、あ然とした顔が並んでいた。きっとあの星が壊れたとでも思ったのだろう。自分を嫌う仲間たちの顔に、ゆっくりと笑みが滲んでいく。

「なぁ、星さ。じゃあ、俺からも言っていいかな？」

声を上げたのは、三塁手の関だった。四年間、同じ寮で生活し、隼人が投げるときは必ず三塁を守っていた男の顔を、はじめて直視する気がした。

「お前は意外に思うかもしれないけど、俺の人生ではお前の方が脇役なんだぜ。プロに行ってても覚えといてもらえると嬉しいんだけどな」

仲間たちは満面の笑みを浮かべてそれぞれのポジションに散っていった。審判があらためて右腕を振り上げる。「プレイボール！」のかけ声が、一瞬の静寂を切り裂いて神宮の杜にこだまする。

隼人は両手を広げ、結局は青く抜ける空を仰いだ。でも、それはいつもの〝儀式〟とは違う。蓮ヶ池、そして甲子園以来の、無意識のままにしていた行動だ。

いつもと違うことはもう一つあった。隼人は知らなかった。突き抜けそうな空を仰いだ自分の顔に、笑みが浮かんでいた。

解説

大越健介

東京六大学野球最後のマウンド。早稲田のエース・星隼人が仰いだのは、「突き抜けそうな」青い空だった。親友を失って以来はじめて、野球の場で笑顔を見せた「銀縁くん」に心の中でエールを送りながら、読み終えるのが惜しくてたまらなくなった。そう。野球にはやっぱり笑顔と青空がよく似合う。

でも、秋の神宮は晴れの日ばかりではない。

特に季節深まるシーズン終盤となると、それこそ「吐く息が白くないのが不思議なほど」冷えこむ日もある。僕はかつて東大野球部の一員だった。ご想像の通り、負け試合が多かった。なかなか終わらない相手の攻撃の前に万策尽《ばんさくつ》き、寒さが一段と身にしみた苦い思い出がある。

それでも僕は、この秋の神宮がとても好きだ。最後の舞台に臨む最上級生たちの姿が、秋風とともに哀愁を帯び、胸を揺さぶるからだ。卒業後、プロや企業チームに進むのはほんの一部。選手の大半は野球を離れる。大学四年まで野球に打ち込んだ彼らは幸せ者だし、選ばれた者たちだが、その分このスポーツへの思い入れも強い。最後の舞台でいとおしむようにプレーをし、ベンチやスタンドで声を嗄《か》らす。大人の風格すら漂わせ始めた彼らが野球愛を燃焼させる季節は、高校球児の灼熱の夏ではなく、やはり秋が似つかわしい。

早見和真氏の『6　シックス』は、そんな人生の岐路に立った若者たちの（あるいは元若者の）生真面目なブレークスルーを、秋の神宮という場が作り出す不思議な縁の中につなげてみせたオムニバスだ。六大学それぞれに主人公が登場するが、みな悩ましい思いを抱えている。早見氏は「こんな学生、いかにもいそうだよね」と言われそうな大学のイメージをあえてそのまま主人公たちに重ね、OBやOGのツッコミもおそらく引き受けながら、彼らの不器用な格闘ぶりを描いていく。

好きな主人公はと聞かれれば、僕は明治の北島一雄を挙げる。野球部とは直接関係のない彼の「普通」な感じがとてもいい。子どものころ神童と言われながらやがて限界を感じ、平凡な学生へと落ち着いていくくだりは、学生のみならずオッサンになっても居酒屋の定番トークだ。だがそんな彼にも、就職活動のギリギリの行き詰まりに至ってターニングポイントが訪れる。中途半端としか思えなかったそれまでの人生をようやく肯定できるようになり、「大きな世界」を見たいと率直に語る自分と出会うのだ。

就活にいそしむ「普通」の学生である北島くんにここまで「ため」を作らせて、商社の面接の最終局面で一気に脱皮させてみせる早見氏の展開力には脱帽だ。しかも、少し底意地が悪そうな面接担当の社員が、実は明治にコンプレックスを抱く早稲田の元投手だったというオチも心憎い。

だがこの小説の魅力は、当然ながらそうした筆力や技巧によるものだけではない。ひたすら悩むだけで先の展望なんてゼロだと思えても、誰かが見ていてくれるという温かなメッセージが、この作品には溢《あふ》れている。「求道者」のような東大の投手・深町真澄に運命のコーチを引き合わせることになったのは、息子とのキャッチボールを誰よりも大事にしていた父親だった。選手をあきらめざるを得なかった元甲子園球児・西宮吾郎にマネージャーの妙味を教えてくれた法政の監督も、彼を選手時代からしっかり見ていてくれた人だ。自分の半生に屈折した思いを抱く慶應卒の主婦・山田紀子の心にいちばん寄り添ってくれていたのは、長く断絶していたはずのひとり息子だったし、立教のシンデレラガール・佐山明子の密《ひそ》やかな美しさを引き出してくれたのは、本作品の主人公中の主人公であり、明子の恋人である星隼人だった。

その隼人。モデルは誰だろうかと野暮なことは考えずにおこう。涼しげな顔で夏の甲子園を優勝まで投げ抜き、大学進学後もスター街道を歩んだあのヒーローの顔が浮かぶ人は多いだろうが、まあそれも想像にとどめておくことにしよう。

数々の栄光に彩られながら「野球を楽しいと思ったことはほとんどない」隼人の心に

は、幼くして事故死した親友のことが重くのしかかっていた。ところがある新聞記事をきっかけに、自分がすでに「赦《ゆる》され」ていることに気づく。そして「俺には全部わかるんだ。お前が考えてること」という生前の友の言葉を反芻《はんすう》するようにして最後のマウンドに上がる。快晴の空に向かって大きく腕を広げ、新たな世界へと踏み出す。もがき苦しむ隼人を導く役割を果たしてくれたのは、実は罪の意識の対象ですらあった亡き親友その人だったのだ。

孤独はいつも人間を苦しめる。でも本当は、人間の方から孤独に近づいていくものなのかもしれない。あるいは、孤独であるかわいそうな自分が好きなだけなのかもしれない。素直な気持ちになって周りを見回せば、何人もの人たちとのつながりの中で生かされていることに気づくはずだ。東京のたった6つの大学をめぐって、しかも神宮球場という限られた場所に行き交う人間模様を見ただけでも、これだけの人のつながりがあるのだから。

だからあなたは決して孤独ではない。多くの人に見守られて、一人ひとりが主人公である人生を、胸を張って歩むことができる。早稲田の最終戦で、チームメートは隼人に向かってこんなふうに語っている。

「意外に思うかもしれないけど、俺の人生ではお前の方が脇役なんだぜ」

作者の早見氏は、神奈川の名門・桐蔭学園《とういんがくえん》で本格的に野球に取り組んだ人である。だが、あるルポルタージュとの出会いをきっかけに、高校限りでプレーヤーであることを辞め、作家としての道を歩むこととなった。そんな早見氏にとって、野球を題材にした青春小説はまさに得意中の得意のフィールドだ。一方でこの『6 シックス』は、自ら進むことを拒んだ大学野球を題材としたものであり、それもむしろ早見氏の創作意欲を高めることにつながったようだ。

執筆を楽しむようにして、早見氏は小説の終わりにひとつの仕掛けをほどこしている。毎回、章の最後には新聞記事に掲載されたリーグ戦の星取表が登場するのだが、最終結果だけは出てこない。新しい境地でマウンドに立った隼人のピッチングやいかに。

そこは読者の想像にゆだねられている。早稲田がこの最後の早慶戦に勝てば三季連続優勝。隼人の栄光にさらに花を添えることになる。負ければ、同じ勝ち点四ながら勝率の差で明治が優勝校となる計算となっている。「普通」の明大生である北島一雄は、そのニュースをどこで知るのか、あるいは知らないままなのか。そんなことを考えてみるのも楽しい。

だが、最終戦での早稲田の勝敗にかかわらず、不変のものがある。それは主人公たちが悩み、迷った挙句にたどり着いた新しい人生のステージだ。

そして……。作中の星取表の中で、早稲田が勝とうが負けようが、実は、あの東大がすでに勝ち点三を挙げてAクラスの座を確保していることに読者の皆さんはお気づきだろうか。東大は、終戦直後の昭和二十一年春のシーズンに二位となって以来、Aクラスに手が届いていない（もちろん優勝も）。それでもがんばり続けてきた東大への、早見氏の優しいプレゼントだろうか。

いやいや、そんな個人的な思い入れは別として、読者の皆さんには、作品世界に紡ぎ出されるストーリーにどっぷり浸かっていただきたい。この上なくカラフルな登場人物に自分を重ねるのもよし、想像の世界に翼を広げてみるのもよし、である。

東京都心の狭苦しさなどどこ吹く風と広がる神宮の杜《もり》は、あらゆる包容力を持って、悠然とそこにたたずんでいる。

二〇一五年の秋の日に。

（おおこし・けんすけ　ＮＨＫ記者、元東大投手）

本書は東京六大学野球を題材にしたフィクションです。題材の性質上、作中に実在する大学や野球部などが登場しますが、事実とは一切関係ありません。

本書を著すにあたり、快く話を聞かせていただいた各大学のOBの方々へ、この場を借りて御礼を申し上げます。

早見和真

本書は二〇一二年七月、毎日新聞社より刊行されました。

初出誌「本の時間」
「赤門のおちこぼれ」2011年7、8月号（「赤門のオチコボレ」を改題）
「苦き日の誇り」2011年9、10月号（「チャンス・ジャーマネ」を改題）
「もう俺、前へ！」2011年11、12月号
「セントポールズ・シンデレラ」2012年1、2月号
「陸の王者は、私の王者」2012年3、4月号（「陸の王者、わたしの王者」を改題）
「都の西北で見上げた空は」2012年5、6月号（「都の西北で愛を叫んだけもの」を改題）

早見和真の本

ひゃくはち

「あの頃の友達はどうしてる?」恋人の言葉で甦る、封印したはずの高校時代の記憶。甲子園の名門校の補欠野球部員が、夢にすがり、破れ、そして一番大事なものを知る——。映画化もされ話題となった鮮烈なデビュー作!

集英社文庫

林真理子　東京デザート物語
林真理子　葡萄物語
林真理子　死ぬほど好き
林真理子　白蓮れんれん
林真理子　年下の女友だち
林真理子　グラビアの夜
林真理子　失恋カレンダー
林真理子　本を読む女
林真理子　女文士
林田慎之助　諸葛孔明
林田慎之助　人間三国志　覇者の条件
早見和真　ひゃくはち
早見和真　6　シックス
原宏一　ムボガ
原宏一　かつどん協議会
原宏一　極楽カンパニー

原宏一　シャイン！
原民喜　夏の花
原田ひ香　東京ロンダリング
原田マハ　旅屋おかえり
原田マハ　ジヴェルニーの食卓
原田宗典　優しくって少しばか
原田宗典　スバラ式世界
原田宗典　しょうがない人
原田宗典　日常ええかい話
原田宗典　むむむの日々
原田宗典　元祖スバラ式世界
原田宗典　できそこないの出来事
原田宗典　十七歳だった！
原田宗典　本家スバラ式世界
原田宗典　平成トム・ソーヤー
原田宗典　貴方には買えないもの名鑑

原田宗典　大サービス
原田宗典　すんごくスバラ式世界
原田宗典　幸福らしきもの
原田宗典　少年のオキテ
原田宗典　笑ってる場合
原田宗典　はらだしき村
原田宗典　大変結構、結構大変。ハラダ九州温泉三昧の旅
原田宗典　吾輩ハ作者デアル
原田宗典　私を変えた一言
原田康子　星の岬(上)(下)
原山建郎　からだのメッセージを聴く
春江一也　プラハの春(上)(下)
春江一也　ベルリンの秋(上)(下)
春江一也　カリナン
春江一也　ウィーンの冬(上)(下)
春江一也　上海クライシス(上)(下)

集英社文庫　目録（日本文学）

集英社文庫　目録（日本文学）

姫野カオルコ　よるねこ
姫野カオルコ　ブスのくせに！ 最終決定版
姫野カオルコ　結婚は人生の墓場か？
平井和正　決定版 幻魔大戦（全十巻）
平井和正　時空暴走 気まぐれバス
平井和正　インフィニティー・ブルー(上)(下)
平岩弓枝　華やかな魔獣
平岩弓枝　結婚飛行
平岩弓枝　釣女 花房一平捕物夜話
平岩弓枝　女櫛 花房一平捕物夜話
平岩弓枝　女のそろばん
平松恵美子　ひまわりと子犬の7日間
平松洋子　野蛮な読書
平山夢明　他《ひ》人《と》事《ごと》
ひろさちや　現代版 福の神入門
ひろさちや　ひろさちやの ゆうゆう人生論

広瀬和生　この落語家を聴け！
広瀬隆　東京に原発を！
広瀬隆　赤い楯 全四巻
広瀬隆　恐怖の放射性廃棄物 プルトニウム時代の終り
広瀬正　マイナス・ゼロ
広瀬正　ツィス
広瀬正　エロス
広瀬正　鏡の国のアリス
広瀬正　T型フォード殺人事件
広瀬正　タイムマシンのつくり方
廣瀬裕子　ドロップ
広谷鏡子　不随の家
広中平祐　生きること学ぶこと
ビートたけし　ビートたけしの世紀末毒談
ビートたけし　ザ・知的漫才 結局わかりませんでした
アーサー・ビナード　出世ミミズ

アーサー・ビナード　空からきた魚
深田祐介　翼の時代 フカダ青年の戦後と恋
福井晴敏　テアトル東向島アカデミー賞
福田和代　怪物
福本清三 小田豊二　どこかで誰かが見ていてくれる 日本一の斬られ役 福本清三
福本清三 小田豊二　おちおち死んでられまへん 斬られ役ハリウッドへ行く
藤木稟　スクリーミング・ブルー
藤沢周　愛人
藤田宜永　鼓動を盗む女
藤田宜永　はなかげ
藤田宜永　愛さずにはいられない
藤野可織　パトロネ
藤本義一・選 日本ペンクラブ編　心中小説名作選
藤本ひとみ　快楽の伏流
藤本ひとみ　ノストラダムスと王妃(上)(下)
藤本ひとみ　離婚まで

集英社文庫　目録（日本文学）

藤本ひとみ　令嬢テレジアと華麗なる愛人たち
藤本ひとみ　ブルボンの封印(上)(下)
藤本ひとみ　ダ・ヴィンチの愛人
藤本ひとみ　マリー・アントワネットの恋人
藤本ひとみ　令嬢たちの世にも恐ろしい物語
藤本ひとみ　皇后ジョゼフィーヌの恋
冨士本由紀　包帯をまいたイブ
藤原章生　絵はがきにされた少年
藤原新也　全東洋街道(上)(下)
藤原新也　アメリカ
藤原新也　ディングルの入江
藤原新也　風のフリュート
藤原美子　我が家の流儀　藤原家の闘う子育て
藤原美子　家族の流儀　藤原家の褒める子育て
船戸与一　猛《たけ》き箱舟(上)(下)
船戸与一　炎　流れる彼方
船戸与一　虹の谷の五月(上)(下)
船戸与一　かくも短き眠り
船戸与一　降臨の群れ(上)(下)
船戸与一　河畔《かはん》に標《しるべ》なく
船戸与一　夢は荒れ地を
船戸与一　蝶舞う館
古川日出男　サウンドトラック(上)(下)
古川日出男　gift
ピーター・フランクル　世界青春放浪記
ピーター・フランクル　僕が日本を選んだ理由《わけ》　世界青春放浪記2
辺見庸　水の透視画法
保坂展人　いじめの光景
保坂展人　続・いじめの光景
星野智幸　ファンタジスタ
細川布久子　部屋いっぱいのワイン
細谷正充・編　時代小説傑作選　江戸の老人力
細谷正充・編　新選組傑作選　誠の旗がゆく
細谷正充・編　時代小説傑作選　江戸の爆笑力
細谷正充　宮本武蔵の『五輪書』が面白いほどわかる本
細谷正充・編　時代小説傑作選　江戸の満腹力
細谷正充・編　時代小説傑作選　江戸の商人《あきんど》力《りょく》
細谷正充・編　時代小説傑作選　江戸の鈍感力
細谷正充・編　時代小説傑作選　江戸の漫遊力
細谷正充・編　時代小説アンソロジー　くノ一、百華
細谷正充・編　野辺に朽ちぬとも　吉田松陰と松下村塾の男たち
堀田善衞　若き日の詩人たちの肖像（上・下）
堀田善衞　めぐりあいし人びと
堀田善衞　ミシェル城館の人　第一部　争乱の時代
堀田善衞　ミシェル城館の人　第二部　自然　理性　運命
堀田善衞　ミシェル城館の人　第三部　精神の祝祭
堀田善衞　ラ・ロシュフーコー公爵傳説
堀田善衞　上海にて

堀田善衞　ゴヤ I スペイン・光と影
堀田善衞　ゴヤ II マドリード・砂漠と緑
堀田善衞　ゴヤ III 巨人の影に
堀田善衞　ゴヤ IV 運命・黒い絵
穂村弘　本当はちがうんだ日記
堀辰雄　風立ちぬ
堀江貴文　徹底抗戦
堀江敏幸　なずな
堀越勇　くすりの裏側 これを飲んで大丈夫？
堀越千秋　スペイン七千夜一夜
本上まなみ　めがね日和
本多孝好　MOMENT
本多孝好　正義のミカタ I'm a loser
本多孝好　WILL
本多孝好　MEMORY
本多孝好　ストレイヤーズ・クロニクル ACT-1
本多孝好　ストレイヤーズ・クロニクル ACT-2
本多孝好　ストレイヤーズ・クロニクル ACT-3
誉田哲也　あなたが愛した記憶
本間洋平　家族ゲーム
前川奈緒 深谷かほる・原作　ハガネの女
牧野修　忌まわしい匣《はこ》
槇村さとる　イマジン・ノート
槇村さとる キム・ミョンガン　あなた、今、幸せ？
槇村さとる　ふたり歩きの設計図
万城目学　ザ・万遊記
万城目学　偉大なる、しゅららぼん
益田ミリ　言えないコトバ
枡野浩一　ショートソング
枡野浩一　石川くん
枡野浩一　淋しいのはお前だけじゃな
枡野浩一　僕は運動おんち
町山智浩　アメリカは今日もステロイドを打つ USAスポーツ狂騒曲
町山智浩　トラウマ映画館
松井今朝子　非道、行ずべからず
松井今朝子　家、家にあらず
松井今朝子　道絶えずば、また
松浦弥太郎　本業失格
松浦弥太郎　くちぶえサンドイッチ 松浦弥太郎随筆集
松浦弥太郎　最低で最高の本屋
松浦弥太郎　場所はいつも旅先だった
松浦弥太郎　いつもの毎日。衣食住と仕事
松浦弥太郎　日々の100
松浦弥太郎　松浦弥太郎の新しいお金術
松浦弥太郎　続・日々の100
フレディ松川　少しだけ長生きをしたい人のために
フレディ松川　死に方の上手な人 下手な人
フレディ松川　老後の大盲点

集英社文庫　目録（日本文学）

フレディ松川　ここまでわかった ボケる人ボケない人
フレディ松川　好きなものを食べて長生きできる 長寿の新栄養学
フレディ松川　60歳でボケる人 80歳でボケない人
フレディ松川　はっきり見えたボケの入口 ボケの出口
フレディ松川　わが子の才能を伸ばす親 つぶす親
フレディ松川　不安を晴らす3つの処方箋 認知症外来の午後
松樹剛史　ジョッキー
松樹剛史　スポーツドクター
松樹剛史　GO-ONE
松樹剛史　エアエイジ
松下緑　漢詩に遊ぶ 読んで楽しい七五訳
松本侑子　植物性恋愛
松本侑子　美しい雲の国
松本侑子　花の寝床
モンゴメリ 松本侑子・訳　赤毛のアン
モンゴメリ 松本侑子・訳　アンの青春
モンゴメリ 松本侑子・訳　アンの愛情
丸谷才一　星のあひびき
麻耶雄嵩　メルカトルと美袋《みなぎ》のための殺人
麻耶雄嵩　貴族探偵
麻耶雄嵩　あいにくの雨で
眉村卓　僕と妻の1778話
三浦綾子　裁きの家
三浦綾子　残像
三浦綾子　石の森
三浦綾子　天の梯子
三浦綾子　ちいろば先生物語(上)(下)
三浦綾子　明日のあなたへ 愛するとは許すこと
みうらじゅん　とんまつりJAPAN 日本全国とんまな祭りガイド
三浦しをん　光
三木卓　砲撃のあとで
三木卓　はるかな町
三木卓　野鹿のわたる吊橋
三木卓　裸足と貝殻
三木卓　柴笛と地図
三崎亜記　となり町戦争
三崎亜記　バスジャック
三崎亜記　失われた町
三崎亜記　鼓笛隊の襲来
三崎亜記　廃墟建築士
三崎亜記　逆回りのお散歩
水上勉　故郷
水上勉　働くことと生きること
水谷竹秀　日本を捨てた男たち フィリピンに生きる「困窮邦人」
水野宗徳　さよなら、アルマ 戦場に送られた犬の物語
水森サトリ　でかい月だな
美空ひばり　川の流れのように
三田誠広　いちご同盟

集英社文庫

6 シックス

2015年11月25日 第1刷 定価はカバーに表示してあります。

著 者 早見和真《はやみかずまさ》

発行者 村田登志江

発行所 株式会社 集英社
東京都千代田区一ツ橋2-5-10 〒101-8050
電話 【編集部】03-3230-6095
【読者係】03-3230-6080
【販売部】03-3230-6393(書店専用)

印 刷 大日本印刷株式会社

製 本 大日本印刷株式会社

フォーマットデザイン アリヤマデザインストア マークデザイン 居山浩二

ISBN978-4-08-745380-5 C0193